講談社文庫

留子さんの婚活

小原周子

講談社

留子さんの婚活

1　留子

親子は薄茶色の絨毯《じゅうたん》が敷き詰められたホテルのラウンジで、すでに待っていた。

すう、と大きく息を吸い込む。

ここが正念場と自分に言い聞かせる。

にっこりと微笑《ほほえ》んで娘のほうをちらりと見た。

娘はすらりと背が高く、淡いピンク色のスーツを着ているせいか愛らしい顔立ちに見える。写真で見たよりも美人だ。

「お待たせいたしました」

腰を折ってそう言うと、山口和臣《やまぐちかずおみ》が怪訝《けげん》そうな顔をした。

「ま、とりあえずお茶でも飲みましょう」

そう言われてテーブルにつき、三人でコーヒーを注文する。

今日は待ちに待った見合いの日だ。この日のために、わたしは息子の結婚相手を見つけるための親の婚活パーティーに何度も参加した。七十歳を過ぎて、住んでいる赤羽《あかばね》から新宿《しんじゅく》まで月に一度通うのは、けっこう大変だった。

それでも一人息子の秋之《あきゆき》のために嫁をもらわなければならない。そう固く誓って通い続けた。

かれこれ半年はパーティーに参加しただろうか。これ、と思う相手はおらず、首を横に振ってばかりいた。

山口の娘はけして理想通りというわけではなかったが、妥協は大切だ。

カップにミルクを落とし、上目遣《うわめづか》いで娘を盗み見る。

娘はうつむき加減にちらちらとわたしを見ていて、コーヒーカップに手を伸ばそうとしなかった。

「娘の可乃子《かのこ》です。先日お話ししたとおり今年三十六歳になります。老人ホームで介護福祉士をしています」

改めて紹介があり、わたしは頭を下げた。

「初めまして。米倉留子《よねくらとめこ》と申します。どうぞよろしくお願いします」

「可乃子です、こんにちは」

客が少ないラウンジに可乃子の声がよく響いた。

はっきりとしたものの言い方が、気に入った。

気が強いのかもしれないが、なにかあってすぐに泣くような娘でも困るからちょうどいいかとも思う。

コーヒーを一口する。

香りのいいコーヒーだ。このあたりでは一流と呼ばれるホテルの部類だから、コーヒー一杯でも気を抜かないのだと感心する。

向かい側ではやはり山口がコーヒーカップに口をつけた。こくんと一口飲んでから、カップをソーサーに置いた。

「息子さんは遅れていらっしゃるんでしょうか」

来た、とばかりに心臓が飛び上がった。

ワンピースをぎゅっと握りしめて、これまで考えてきた言葉を素直に口にする。

「申しわけありません。息子は急な仕事で来れなくなりましたの」

できるだけ笑みをつくってやさしく言ったが、可乃子の顔が強張《こわば》るのを確かに見てしまった。

きゅっと唇《くちびる》を閉じ、可乃子はうつむいた。

「それは、大変ですねえ」

困ったような顔つきをする山口のとなりで、可乃子は唇を固く結んだままでいた。

甘い香りがするなと思ったら、ラウンジの隅っこに置かれた丸いテーブルの上に花が飾られていた。

カサブランカだ。

もう一口コーヒーをすすると、向かい側にいた可乃子がぱっと顔をあげた。

「あの」

ピンク色の口紅で彩られた唇が小さく動く。

「はい?」

持っていたコーヒーカップをお腹の上で止めた。

「あの、お見合いなのに当人が来ないっておかしくないですか」

どきんと胸が鳴って、持っていたカップを落としそうになった。かすかに手が震える。

なにも話してはいないのにすべてを見透かされた気になって怖くなった。

「病院勤務で、レントゲン技師さんでお忙しいのはわかりますけど、だったら今日をキャンセルして別の日にするとかいろいろ工夫はできたと思うんです」

はっきりと自分の意見を述べる可乃子は好印象に映ったが、山口は違ったらしい。

「おい」と可乃子の袖《そで》を引っ張っている。

「ええ、そのとおりですわ。うちの息子ったら仕事が大好きなんです」

下心を見透かされないように、精一杯の笑みをつくる。

頬《ほお》の筋肉が引きつっているのが、自分でもなんとなくわかった。

冷静にならなければ、とカップを両手で包む。

言い訳なんてどうとでもなる、と口を開きかけた。先に言葉を発したのは可乃子だった。

「仕事が大好きなのはいいと思います。仕事嫌いな人よりもずっといいです。でも大切なお見合いに来なかった。それは解《げ》せないです。わたしだって忙しいんです。でもせっかくお父さんがセッティングしてくれたし、結婚は親孝行にもなるから、だから今回の話を受け入れようと思ったんです」

黙ってわたしはうなずいた。

親思いのいい子だ。自分勝手な娘よりもずっといい。

「仕事が大切なのはわかりますけれど、それ以上に大切なことってたくさんあると思います。申しわけないけど、今回の話はなかったことにしてください」

そう言って可乃子は深々と頭を下げた。

印象はますますよくなった。

「わかるわ、でもね」

なんとか理由をつけなければと頭をフル回転させる。

すくっと立ち上がった可乃子は、まっすぐそのまま出口に向かった。引き止める間もなかった。

「すみません。言い出したらきかない子なので。今日はわざわざ来てくださってありがとうございます」

慌《あわ》てた山口は、額《ひたい》に汗を浮かべながら何度もお辞儀をして、可乃子の後を追いかけていく。

一人残されて、カップをテーブルに戻し、額に手を当てて天井《てんじょう》を仰いだ。

きらびやかなシャンデリアが眩《まぶ》しい。

「でもねえ、どうしようもないのよ」

ぽつんとつぶやいた。

赤羽駅で降り、バスで十分も走れば街の様子はすっかり変わる。にぎやかな商店街があり、その通りを過ぎれば閑静な住宅街が広がっている。

家はバス停から徒歩五分ほどの距離だが、商店街に寄るために一つ手前で降りた。バスの中で少しだけ温《ぬく》まった指先は、外に出たとたんすぐに冷たくなっていく。両手をこすり合わせながら歩き、商店街に向かう。

商店街は一月の半ばを過ぎ、すでにバレンタインデーの色を濃くしている。その中を買い物をする人たちがひっきりなしに往来している。通りの中心にある神山《かみやま》不動産の前で足を止めた。

昔ながらの不動産屋はつくりも古く、窓ガラスにはべたべたと物件がプリントされた紙が貼りつけられている。

自動ドアをくぐると暖かい空気に包まれた。

奥の机の前で新聞を広げていた二代目の神山大五郎《だいごろう》がわたしに気づく。老眼鏡がずり落ちそうになっているのを慌ててかけなおしている。

「ごめんなさい、遅くなりました」

襟元《えりもと》を正しながら大五郎に一声かける。

「留子ちゃん、お帰り。寒かっただろう」

新聞をテーブルに置き、大五郎は手を振った。

「そうね。今日も寒かった。いつまで続くのかしらね」

両手を揉《も》み込み、はあっと息を吹きかける。

「隼人《はやと》は？　奥かしら」

大五郎の後ろにある扉を首を伸ばして眺める。

「うちのが相手をしてるよ」

「ありがとう」

礼を言って大五郎の脇をすり抜け、奥の部屋に続く扉を開ける。

そこは住居ではなく、不動産屋に勤務するスタッフのために用意されている休憩室だった。畳の部屋で、一人暮らし用の冷蔵庫と電子レンジやテレビがある。

その部屋で今年三歳になる隼人が、大五郎の妻である加寿子《かずこ》の膝《ひざ》の上で絵本を読んでもらっていた。

「ばあちゃん」

部屋の扉を開けると、隼人がぴょんと膝から飛び降りて、こちらに駆けてきた。

「ただいま」

そばに寄ってきた隼人をぎゅっと抱きしめる。なにか甘いものでも食べたのか、ふんわりといい匂いがした。

愛《いと》おしくてたまらず、頬をすり寄せて隼人を抱いた。

隼人は生きている。そして元気だ。そんな当たり前のことがうれしくてならなかった。

柔らかくて温かい隼人のぬくもりを感じていると、加寿子の声が聞こえてきた。

「おかえり。少し息抜きできた？」

「ええ、いつもありがとう」

「よかった」

なんの不自由もなく不動産屋の奥さんとして生活している加寿子の笑顔は余裕たっぷりだ。同い年なのになぜこんなに幸と不幸の差があるのだろう。

「今日はどこに出かけたの？」

二人には親の婚活をしているとは言っていない。あくまでも息抜きのためにショッピングと伝えてある。

「新宿まで」

「新宿好きね。いつも新宿よね」

わずかに口元を緩める。

「ええ、電車で一本だし。あ、これ、駅で売ってたのよ。ケーキ。よくわからないけど、新作みたいだから買ってきたの」

紙袋に入ったケーキを渡そうとすると、加寿子は仰々しく頭を振る。

「いいわよ。うちになんか。隼人ちゃんとおうちで食べなさいよ」

「駄目よ。甘い食べ物の味はあまり覚えさせたくないの。特に洋菓子は。虫歯になったら困るから」

遠慮する加寿子の手に紙袋を押しつける。

「まあ、それなら。でも気を遣わないでね。隼人ちゃんを預かるのはわたしの楽しみなのよ。うちの息子夫婦には子供がいないから隼人ちゃんが孫みたいなものなんだから」

気さくに加寿子は言う。付き合いも長くなり、すでに遠慮のない関係を築けている。そうでなければ大切な孫は預けない。

本当なら保育園に預けたいが、徒歩で行ける保育園はどこも満員で入れてもらえなかった。待機はしているが順番はいつになるかわからない。親戚も近所にいないとなればいざという時の頼りは大五郎夫婦だけだった。

大五郎との長い付き合いは結婚当初まで遡《さかのぼ》り、すでに五十年は過ぎている。十年前に亡くなった夫とも大五郎は仲がよかった。年は十以上夫が上だが、飲み友達でもあった。夫はずっと同じ土地に住んでいたし、亡くなったあとも夫の両親が残したマンションの管理をこちらでやってもらっている。

元々夫の両親はこの辺りの地主だった。亡くなったときに税金の関係でいくつか手放したが、それでもまだマンションを二つほど持っている。その管理をすべて大五郎に任せてあった。信用もしている。

「じゃ、これで。いつもありがとう」

「気をつけて」

「おばちゃん、バイバイ」

そっと加寿子は手を振り、わたしは奥の部屋を後にして、店にいた大五郎にもあいさつをして店を出た。

家に帰る途中にある商店街の総菜屋で今夜の夕食を選ぶ。出かけた日は出来合いが楽でいい。

サラダや煮物、焼き魚を買って家に帰ると、三台収納可能な駐車場のひとつにライフハートヘルプケアと書かれた軽自動車が一台停まっている。

このあたりでは大きな家の部類に入る自宅の駐車場は、もともとは庭だった。庭の手入れが面倒だからと言い出したのは亡くなった夫だ。もっともな意見だったので、夫に賛成し、家を建て替えた三十年ほど前に駐車場にしたのだが、今は微妙な気持ちでいる。

庭があれば隼人を遊ばせられた。わざわざ公園に行く必要もなかったが、あとの祭りだ。

隼人の手を引いて玄関に入れば、汚れて型が崩れたスニーカーがあった。

靴を脱いだ隼人の手を握り、一階の一番奥にある部屋にいった。

ドアを開けると、ベッドのそばで座り込んでスマホを睨《にら》んでいた須賀《すが》正則《まさのり》が慌てて立ち上がった。

スマホをポケットに入れようとして失敗したのか、スマホは正則の手からすり抜けて床に転がった。

「お、おかえりなさい」

慌ててスマホを拾ってから、正則は照れたような笑みを浮かべた。

駄目だ、この人は。

呆《あき》れ果てているわたしの手からするりと隼人の指が抜けた。

「パパ」

そう呼びながら小走りでベッドに隼人は駆け寄っていく。その前で正則は落ち着きをなくし、スマホを入れた尻のポケットに手を突っ込んでいる。

「パパ、ただいまあ」

無邪気な隼人の言葉が胸にしみる。気を許すと、涙が零《こぼ》れそうになるのを奥歯を嚙《か》みしめて耐え、背の低いわたしよりも頭二つくらい高い正則を睨む。

「今日はなにをしてくださったの」

睨みながら平静を装って尋《たず》ねた。

「オムツ交換です」

両手を脇に添え、背筋を伸ばして正則は答えた。

「ほかには?」

「ほ、ほか?」

「そうよ。だってあなたには午後の一時から四時まで頼んだのよ。三時間もあったんだから、オムツを交換しただけじゃないんでしょ」

「はあ」

冷や汗でも流れてきたのか、正則はこめかみを手のひらで拭《ぬぐ》っている。

「で、なにをしたの」

「あの、手を洗ったり、向きをかえたり」

ちらりとベッドのほうを見る。枕も頭の位置もなにも変わっていない気がした。オムツ交換ですら本当にしたのかどうか怪しくなる。だからこの男は駄目なのだ。

近所にある民間のヘルパー紹介会社から派遣されてくる須賀正則には、ひと月前まで介護の経験などなかった。もともとはホテルのレストランでコックとして働いていたのだが、コロナ禍でリストラにあい、この仕事を始めたと聞いている。それでもやる気はあるからと紹介会社が言うので何度か来てもらっているのだが、頼むたびにスマホばかりをいじっていて、ろくに仕事なんかしていないのがまるわかりだった。

こんな調子で三十歳を五年も過ぎていて、妻子もいるというのだから信じられない。コロナ離職というが、ほかにもなにか理由があったのではないかと勘繰ってしまう。

このヘルパーに三時間で一万円も払わなければならないなんてぼったくりもいいところだ。

介護保険内でヘルパーを頼めばもっと安く済むが、時間が短すぎて用が足せない。そうなれば頼りになるのは民間のヘルパー紹介会社だった。

ろくな仕事もしない正則には文句のひとつも言いたいが、言えばクレーマーだと思われて二度と人を寄こしてくれなくなると困るので、辛抱するしかない。

「もういいわよ、帰って」

顔をそむけ、わたしはドアのほうに手を向けた。

「あ、はい。ではこれで」

逃げるようにいなくなった正則をその場で見送ってから、ベッドの中を覗き込む。

「秋之……」

一人息子の名前を呼びながら、そっとわたしは額を撫《な》でた。

今年四十五歳になる秋之が脳梗塞《のうこうそく》で倒れたのは、三年前だ。隼人が生まれて半年も経っていなかった。勤務先の病院で倒れ、脳梗塞だと診断された。治療はしたが、完全にはよくならず、一人で歩くのも無理ならば、起き上がることもできず、なにも話せなくなった。いわゆる寝たきりだ。

二年前には入院先を追い出され、自宅介護を余儀なくされた。

病院は弱者の味方でもなんでもない、とそのとき心の底から思った。きちんと治療さえ続けていれば、秋之はきっとよくなる、元気になるのにさじを投げられてしまった。ひどい話だ。

病院があてにできないなら、わたしがやるしかないと心に決め、施設に入れればいいという周囲の意見には耳を傾けず、今はわたしが日々秋之の面倒を看《み》ている。

「ねえ、パパはいつまで寝てるのかな」

「本当に、よく寝るパパね」

そばにいた隼人の体を抱き寄せる。

かわいそうな子だ。生まれてすぐに母親を交通事故で亡くし、その半年後には父親まで倒れてしまった。

この子のためにも秋之には絶対元気になってもらわなければならない。

「でも明日にはきっと起きるわよ」

「そっか」

無邪気に隼人は笑う。

笑顔が小さなころの秋之にそっくりだった。

柔らかい隼人の髪を撫でてから、オムツを交換するために準備を始めた。隼人も小さいながら、お尻拭きを出してくれたり手伝ってくれる。

隼人は向こうに行ってなさい、と何度言っても秋之のそばから離れないのはずっと前からだ。

布団《ふとん》を剝《は》ぎ、オムツのテープをはがすと、強い尿臭が鼻の奥をつく。やはり正則はなにもやっていなかったのだと腹立たしい気持ちになる。

ペニスに巻き付けていたパッドは尿をたっぷり吸い込んで重たかった。汚れたオムツを隼人が持つビニール袋に入れ、新しいパッドを巻く。体の向きをかえ、浴衣《ゆかた》を尻のあたりから引っ張ってしわをなくし、背中を撫でてから横向きにしてクッションを入れる。

汚れたオムツの入ったビニール袋を隼人から受け取り、きつく縛ると窓を開けて外に置いてある青いポリバケツの中に押し込んだ。

「さ、手を洗いにいきましょうね」

小さな隼人の手を取って洗面所に行き、せっけんを泡立てて手首まで洗い流す。

このあとは風呂と夕飯の支度《したく》だ。

隼人をリビングに行かせ、テレビでも見ていてと言い聞かせてから、風呂場に向かう。掃除は朝のうちにしてあるので、湯を張るだけでいい。夕飯は買ってきた総菜を皿に並べてレンジでチンをすれば終了だ。

それだけなのに、小さな子供がいるとなにかと気を遣う。

レンジに放り込む準備をしてリビングに行くと、言いつけどおり隼人はテレビの前に座っていた。ソファもあるのに隼人はカーペットの上に直接尻をつけている。ちょうど好きなアニメがやっていて、隼人は夢中になって見ている。孫と濃厚な生活が送れるのはうれしい。だがここにくるまでの過程を思い出すと泣けてくる。

5LDKの家は、秋之が結婚して隼人が生まれてからは狭く感じていた。十年前に夫を亡くしたわたしに、秋之は嫁を連れてきた。今時一緒に暮らしてくれる嫁などいないと思っていたが、嫁の美樹《みき》は快《こころよ》く同居生活を受け入れてくれた。看護師として働いていたのも理由のひとつだろう。わたしは家事を一手に引き受け、美樹は安心して仕事にいった。

すぐに妊娠したが、産休までは働くからと大きなお腹を抱えて仕事に通っていた。無事に生まれた隼人と美樹が一緒に暮らせたのは、ほんのふた月だ。散歩の帰り、交通事故に遭《あ》ってそれきりだった。ベビーカーに乗っていた隼人をかばって頭を打ち、即死だったと言われて激しく動揺し、泣きじゃくった。轢《ひ》いた犯人は許せなかった。せめて金で気持ちを切り替えようとしたが、犯人は自賠責保険にも入っていなかった。おまけに軽度の認知症を持つ高齢者で、身寄りもなく年金生活と聞かされた。年金生活者が車を持つなどありえないと思ったが、高齢者になればなるほど車をほしがる人が多いという。電車やバスでの移動が辛《つら》くなるからだ。タクシーは金がかかる。そうなると車が一番だと言われれば、社会の闇が垣間見え、憎む気持ちもなくなってしまった。

――ぼくががんばるから。母さんも手伝ってよ。

気丈に秋之はふるまった。隼人のためにもがんばらなくてはと気持ちを入れかえて生活を始めた。公的援助を受け、なんとなく軌道に乗ったかと思ったら今度は秋之が倒れた。

そのときは涙を流さなかった。だって、秋之はきっと元気になる。

いつかきっと元気になってわたしと隼人を抱きしめてくれる。

そう信じて三年近く経った。

秋之はまだ目覚めない。隼人は日に日に大きくなっていく。

テレビから軽快な音楽が流れだし、隼人が一緒になって歌っている。

ぴー、とリビングに甲高い音が響いた。

「隼人、ご飯の前にお風呂入りましょう」

ちょうどアニメも終わった。

「入るう」

素早く隼人は立ち上がり、リビングから駆け出していく。

「そんなに急がないの」

慌てて隼人の後を追いかけていく。

隼人だけが、わたしの心の支えだ。

この子のためにも、秋之には嫁をもらわなければならない。いつか秋之の目が覚めたとき、嫁がいたら喜ぶはずだ。そしてなにより七十歳を過ぎたわたしの体力は限界に近づきつつある。

共倒れにだけはなるわけにいかない。

この半年の間、秋之の介護と隼人の母親ができる嫁を捜し続けている。だから一流企業に勤めている女性はいらないのだ。仕事を辞めて家に入るというなら話は別だが、このご時世で夫の母親と同居してくれる人も専業主婦になってくれる人も少ないだろう。

ならば最初から働いていないほうがいい。そう結論を出した。

家事手伝いかフリーター。そのどちらかを狙っているが、婚活パーティーに行ってそんな娘を持つ親とは未だ知り会ってはいない。妥協に妥協を重ねて、今日の相手とやっと見合いまで持ち込んだのだ。それがこの結果だ。

風呂場からわたしを呼ぶ隼人の声がした。

「はいはい、今行きますよ」

スリッパの底を鳴らしながら、風呂場へと急いだ。

風呂と夕飯を終え、八時に隼人を寝かして片づけをすませ十一時になると就寝時間だ。その前に秋之の部屋に行き、今日、最後のオムツを見る。パッドはまた濡れている。

食事は胃ろうからの流動食と白湯《さゆ》だけなのに、交換のたびに秋之は排尿をしている。起きてはこないが元気な証拠だ。

「じゃ、おやすみなさいね」

布団を肩まで持ち上げ、続きになっているとなりの寝室に行く。常夜灯だけをつけた部屋に二組の布団が敷かれ、隼人が健《すこ》やかな眠りについている。

乱れた前髪を整え、じっと隼人の顔を眺める。

ふっくらとした頬とつややかな肌。大きくなったら秋之に負けないくらいかっこいい男性になるだろう。今でいうイケメンだ。

秋之は学生時代から女性にもてた。バレンタインデーには持ちきれないほどのチョコレートをもらってきては、迷惑がっていた。

女性から言い寄られすぎてうんざりしていたのか、結婚は遅かったが、いい嫁が来てくれてほっとした。束の間の幸せだった。けれどわたしは諦《あきら》めてはいない。

正座をしていたせいか、びりっと膝が痛んで足を崩した。

最近は腰も背中も痛む。このままでは秋之が元気になる前に、こちらのほうがくたばってしまいそうだ。それだけは絶対に避けなくてはならない。

そのためにも介護の担い手となる嫁は絶対必要だった。

きっかけはテレビのドキュメンタリー番組だった。そこには子供の結婚相手を捜すために奔走する親たちの姿が映っていた。

親の婚活パーティーなら本人が出席しなくても結婚相手は見つかる。

今は寝たきりでもいつかは元気になるのだし、元気になった秋之を見て話しさえすればきっと気に入ってくれるはずだ。

結婚相手を捜してやろう。

そう思うといてもたってもいられなくなってパーティーに初めて参加したのが半年前だ。未だいい成果はあがっていない。やっと見合いまでこぎつけた相手には、秋之が来なかったという理由であっさり断られてしまった。当然だが、このままでは済まされないのが現実だ。なんとかして介護を手伝ってくれる人を捜さなくては、と決意を新たにする。

「ばあちゃん、がんばるね」

薄暗がりの中で、そっとつぶやいた。


七度目に参加した婚活パーティーだった。二月最初の日曜日、ホテルのパーティー会場でそのプロフィール用紙を見たとき、はかりしれない衝撃を受けた。

いつものパーティー会場、いつものスタッフ、テーブルの上に並んだ軽食と飲み物。どれもこれも先日来たときとほとんど変わりない。

参加者が持ってくる用紙にもいつもどおり一流企業の名称が連なり、趣味はばかのひとつ覚えみたいに映画鑑賞やら料理が大半をしめていた。けれどそのプロフィール用紙はまったく違った。

ぷるぷると用紙を持つ手が震える。気づかれないように、そっと相手の顔を見れば、穏やかな顔をした男性が立っている。

緊張しているのか、それともどうせ駄目だと諦めているのか、表情はさえない。

川野《かわの》香奈枝《かなえ》、四十九歳。

名前などどうでもいい。問題は職業だ。そこには待ちに待った「家事手伝い」としっかり記載されている。

ごくっと唾《つば》を呑《の》み込む。動悸が激しくなった。

理想の相手がとうとう目の前に現れた。

「素晴らしいですわっ！」

高鳴る胸を押さえつけ、叫んだ。とたん、目の前に立っていた男性の目が丸くなる。

「なんてすてきなお嬢さんなの。ぜひうちの息子とお見合いしてみませんか」

相手の顔を覗《のぞ》き込んで、ワンオクターブ高い声でそう言った。

困惑しているのか、男性の目が更《さら》に丸くなり、禿《は》げた頭を掻《か》いている。

「ぜひ、お願いします」

絶対に逃すもんか。

相手の目をじっと見つめて、鼻息荒くそう続けた。

2　幸三

どんっと背中に衝撃が走った。

はっと目を開けて、後ろを振り返ると、娘の香奈枝が両手を腰に当てて仁王立ちで睨んでいる。

いつの間にかこたつに両手足を突っ込んだまま眠ってしまったらしい。唇の端からよだれが垂れていて、慌てて手の甲で拭った。

「川野幸三《こうぞう》さん」

人をこばかにするとき、香奈枝はいつもフルネームで呼ぶ。

「川野幸三さん、こたつでお昼寝は気持ちよかった？」

口元をひくひくと香奈枝はけいれんさせている。

一月下旬の寒い午後だ。昼ご飯も済ませ、満腹になってこたつに入ればうたた寝くらい誰だってする。

「いや、そのう」

髪の薄くなった頭皮をぽりぽりと搔く。

香奈枝の太った体やものの言い方は五年前に亡くなった妻にそっくりだった。香奈枝は四十を過ぎてから日ごと妻に似ていく。

見てくれだけではない、がさつでケチなところもそうだ。

お世辞にも美人とは言いがたかった妻は、若いころは愛嬌《あいきよう》があったが、年を重ねるたびに性格が顔に滲《にじ》み出たのか、くそばばあと罵《ののし》りたくなるほど醜《みにく》い顔になっていった。

その血を完全に受け継いだのが香奈枝だ。

「気持ちよかったみたいね。でもね、わたし、これから掃除をするのよ。買い物にも行きたいの。お父さんはいいわね、そうやって家事ひとつするわけでもなく、仕事をするわけでもなく食べて寝ていればいいんだから」

嫌みな口調もそっくりだった。

「あーあ、楽よねえ、ほんと楽」

「そうは言ったって……」

もう七十九歳だ、と続けようとしてやめた。

反論したところで口が達者な香奈枝にはかなわない。妻にもかなわなかった。

「せめて掃除の間、どっかに行っててよ。邪魔よ。というか会議でしょ。団地の会議行ってきてよ」

のろのろと立ち上がり、コートを羽織《はお》った。会議に出席するために家の外に出れば、冷たい風が吹いている。

振り返って灰色の大きな建物を見上げた。四十年前にこの公団住宅に越してきた。以来、ずっと住み続けている。公団に当たったときはうれしかった。なにしろ当時の公団の抽選倍率は四十倍だったのだ。

引っ越してきたときは香奈枝も小さく、それまでの一間しかないアパートから広い家に引っ越せて妻も喜んでいた。

幸せにしてやりたい。二人を守っていこう。

そう心に決めて毎日タクシーを走らせ続けた。

世の中が好景気に沸《わ》き、タクシーの運転手の給料はそれなりによかった。それがバブルが弾《はじ》けたとたん、人々の財布のひもは堅くなり、タクシーなど使わなくなると、給料にも響いてきて、だんだんと手取りは減っていった。それでも若いころからタクシー運転手として働いてきたわたしにはそれ以外の仕事など考えられなかった。

養わなければならない妻と娘のために。そう言い聞かせて働き続けてきた。

公団の場所も、市ではあるが一応東京都だし、新宿まで電車で三十分は魅力的だった。あくまでも電車に乗れば、の話だが。駅まで行くのにバスでやはり三十分かかるし、そのバスは近所の住人がどこかにいなくなるにつれて少なくなり、今や一時間に一本しか来ない。

おまけに五階建てのつくりなのに、エレベーターがなかった。

仕方ない。

風に吹かれながら、両方の肩を落とす。

若い人たちは、もっと都会がいい、区内がいいとみんな出ていってしまった。あるいは一軒家を持ちたいと都内から離れた家族もいる。

引っ越してきた当時は子供の笑い声が弾けていたものだが、今となっては高齢者の咳払いと夜ともなれば救急車の音しか聞こえてこない、巨大な老人ホームになり果てた。

両肩を落として公団の敷地内にある集会場に向かった。

嫌みばかりを言う香奈枝の顔が頭の中に浮かぶ。

こんな生活を得るために、高校を卒業してから五十年近く働いてきたんじゃなかった。

とぼとぼ歩いて集会場に行けば、遅れてきたせいですでに住人が集まっていた。

金はともかく時間は有り余っているからだ。

古い集会場なのでエアコンはなく、石油ストーブに火がともり、やかんが置かれていた。

「あー、すみません。遅れまして」

誤魔化すように頭を掻きながら空《あ》いている席に腰を降ろす。

すでに今回の議題が書かれた紙がそれぞれに配られている。わたしの前にも置かれていた。

八月上旬に行う予定の草刈りについて。

これが今回の議題だが、今はまだ一月である。

今から草刈りごときでまたもめるのかと、内心うんざりしていた。

席に座ると同時にとなりにいた書記の佐伯和美《さえきかずみ》が立ち上がり、欠けた湯飲み茶碗に淹《い》れたお茶をわたしの前に置いた。

見るからに薄そうなお茶だった。かろうじて色がついているというお茶を持ってきた和美は、無愛想に口元を結んでいる。和美は会議のときはいつもお茶汲み係にされている。書記だからやらされているのだが、本人としては不本意なのだろう。だから愛想笑いのひとつもせず、人が来るたびに無言でお茶の支度をする。

無愛想なまま和美は、自分の席に戻った。

集会場の雰囲気はお世辞にもいいとは言えず、遅れてきた十分の間に、もめにもめていたのがわかる。そもそも八月の草刈りを今からどうしようかというのだから、ごたついて当たり前だった。

薄い茶が入った湯飲みに手を伸ばし、口をつける。

「ですからね、わたしは自分たちでやるのが正論だと思うんですよ」

気まずい空気の中、少し怒りを含んだ口調で和美が言った。

「しかしねえ」

首を傾《かし》げ、腕を組んでいるのは今期の会長の木崎郁夫《きざきいくお》だ。恐らく彼がこの団地で一番の年長者だ。はっきりとした年齢は覚えていないが、そろそろ九十歳に手が届くはずだ。それでも認知症もなく、足腰もしっかりしていて杖《つえ》もついておらず、一人暮らしをしている。

昔はどこかの役所に勤めていたという郁夫は神経質そうに眉《まゆ》をひそめた。

「しかし、なんです」

和美の声は尖《とが》っていた。五十代前半のはずだが、和美は体じゅうに肉がつき、顔はまんまるとしていて、このところ手入れをしていないのか、髪の根元が真っ白だった。服はよれたトレーナーで、どこかの保険会社からもらったものなのか左胸には「命を大切に」とロゴが入っている。

見てくれをまるで気にしていないから、年よりも老《ふ》けて見えた。

「去年の草刈りを思い出してほしい」

神妙な表情で郁夫が切り返す。

例年草刈りは自分たちで行ってきたのだが、去年の草刈りの最中、熱中症で倒れる人が相次ぎ、救急車を呼ぶ騒ぎになった。草刈りどころではなくなり、午前中のうちに中断したのだった。

もちろんわたしも参加したが、あの暑さには本当にまいった。かといってこんなくだらないことでもめるのはもっといやだった。だがなにか言えば、会議が長引くだけだから黙っている。

「去年は去年。今年は今年ですよ」

はっきりと和美は言い切った。

「できるだけ暑くない日に、早い時間にやればいいんです。草刈りを業者に頼めばそれだけお金がかかるんですよ。だいたい自分たちが住む団地でしょ。自分たちで草刈りをするのは当然ですよ」

「でもねえ」

去年の出来事を思い出しているのか、郁夫の表情は暗い。

「自分たちでやるべきです！」

郁夫の意見も、ほかの誰の意見も無視して和美は言い切った。

草刈りを住人でやるか、業者に頼むかでもめているのだ。

正直、わたしはどちらでもよかった。

やれというならやるしかないし、業者を頼むというのならそれでもいい。

「だって自分たちが住んでいる団地よ！」

体裁《ていさい》のいいことを言っているが、和美が金を出したくないのはまるわかりだった。

UR都市機構は古くなった建物の修復などはしてくれるが、敷地内の草刈りに関してはノータッチだった。つまり自分たちで何とかしなければならないのだ。

自治会費も一応集めてはいるが、冠婚葬祭や各所への消火器の設置、ゴミ置き場のカラス対策ネットなどに使われるのが主だった。草刈りに使用した例は過去にない。

「しかしねえ、佐伯さん、我々の年を考えてくださいよ」

幾分呆れて郁夫が口を開く。

「だからあまり暑くない日に、涼しい時間にって言ってるじゃない。業者を頼めばお金がかかるのよ。それは誰が出すの？　集金された自治会費もあるけど、それで足りる？　足りなきゃ自腹でしょ。みんなで割るんでしょう。いくら割ってもウン万円はかかるんじゃないの。わたしはいやよ」

とうとう本音が出た。

「お金と命とを比べるとだねえ」

「お金は大切よ！」

話し合いは平行線のまま一向に収束する気配を見せなかった。

結局その日は結論が出ず、次回に持ち越しとなって会議は終了になった。

まったくばかばかしい。

呆れて家に帰れば、香奈枝が洗濯物をたたんでいた。

「会議どうだった？」

丁寧《ていねい》にシャツをたたむ手を止めず、香奈枝は言った。

「決まらなかったよ」

「あ、そう」

香奈枝の脇をすり抜けて自分の部屋に行き、こたつに足を突っ込んだ。

駅からは遠く不便で、年寄りばかりが住む公団には飽き飽きしていた。

この生活からなんとかして逃げ出さなければ。

ケチで怒って苛《いら》ついてばかりいる香奈枝の顔などできればもう二度と見たくない。

かといって一人暮らしは今更したくない。だったら自分の伴侶を見つければいい。

そう思い立ったのは一年ほど前だ。

思い切って中高年の結婚相談所に登録したはいいが、誰からの誘いもなく、こちらがアプローチしても会ってもらえなかった。それればかりか結婚相談所の人には、引きこもりの娘さんがいては、などと言われてしまった。

なるほど家事手伝いという職業はないから、今では引きこもりととらえられてしまうのだとそのとき初めて知った。

結局、誰にも会えないまま退会した。かわりに選んだのが、親の婚活パーティーだ。これなら香奈枝をダシにして自分の婚活ができると思ったのだ。

ここで見つけよう。

そう考えてから何度か参加しているが、なかなかいい相手には巡り合わない。参加費一回一万円も年金生活のわたしには決して安くない金額だ。けれどそれで結婚ができて、この生活から脱却できるならたいした負担ではない。

日曜日、朝から風呂に入った。残り少ない髪も洗い、ドライヤーで乾かしてキッチンに行くと、香奈枝があからさまに不機嫌な顔をしてシンクの前に立っていた。

「また行くわけ」

無表情な声だった。返事をせずに、キッチンを通り過ぎ、自分の部屋に行く。公団は3Kのつくりで、居間として使っている部屋と、香奈枝の部屋、もとは夫婦で使っていた部屋をわたしが今は一人で使っている。

タンスから白いワイシャツを取り出し、袖を通してグレーのスーツを着た。ネクタイはどうしようかと思ったが、あまり堅くなってもいけないからとあえてつけずにそのまま出かけようとした。

たたきで靴を履いていると、香奈枝がばたばたと駆け寄ってきた。

「あのね、わたしは結婚なんかしないって言ってるでしょ。親の婚活なんか時間の無駄、金の無駄。たとえ相手を見つけてきたってわたしは結婚なんかしないわよ。だいたいね、わたしが結婚してこの家を出ていったらどうするのよ。お父さん一人になるんだよ。そんなことできると思う？　もう八十になるんだよ。八十って言ったらね、よぼよぼのおじいさんで、あとは迎えが来るのを静かに待つもんなんだよ。お小遣いだってひと月三万円しか渡してないのに、それから一万円も使うなんて残りは二万だよ。もったいない」

一息に言ったせいか、香奈枝は肩でぜーぜーと息をしている。

体は丸い、髪は伸び放題でぼさぼさ。挙句《あげく》、家事手伝いという名の引きこもりが結婚できるか、と叩きつけてやりたい気持ちをぐっとこらえる。

「いや、一度くらい、結婚しなきゃな」

嘘《うそ》も方便とばかりに、苦く笑う。

「笑ってごまかすの？　もう呆れ果てる」

捨て台詞をはいて香奈枝はその場から立ち去った。

香奈枝の小言には耳を塞《ふさ》ぎ、黙って家を出て階段を降りて、バス停に行く途中で郁夫とばったり出くわした。

近所に買い物にでも行っていたのか白いレジ袋を手に下げ、マフラーに顔の半分をうずめ、半纏《はんてん》を着込んでいる。

「お出かけですか？」

あいさつも兼ねていたのか、郁夫はそう尋ねた。

「ええ、まあ。そんなところです」

さすがに婚活パーティーで新宿までとは言えず、あいまいに誤魔化した。

「いいですね。わたしは最近はすっかり出不精になってコンビニくらいしか行きませんよ。娘もあんまり出かけちゃいけないなんて、小言ばかり言う。電話でですよ。そんなに言うなら帰ってくるなり、一緒に暮らすなりすればいいのに、そういうことはしない。まあ、今更こんな年寄りと暮らしたくないんでしょうよ」

垂れそうになったのか、郁夫はずっと鼻水をすすり上げた。

話の中に、高齢者を抱えた家族の自分勝手さと寂しさが見えて、なんとなく切なくなった。

「その点、川野さんはいい。娘さんが一緒に暮らしているんだから」

ぱっと郁夫の顔が華やいだ。心底羨《うらや》ましそうだが、こちらは小姑《こじゅうとめ》のような香奈枝の存在にはうんざりしている。

「今時嫁にもいかず、家事をしっかりやってくれる娘さんはいませんよ。それどころか引きこもりになって困っている人も多い。いや、立派ですよ。あいさつもちゃんとするしね」

「はあ」

あいさつくらいするのは当然で、仕事をしていなければ引きこもりとかわりがないんだけどな、と思いながら黙っていた。

「じゃ、これで」

長くなりそうな話を切り上げて、頭を下げ、そのままバス停に向かい、五分と経たずにやってきたバスに乗り込んだ。

乗客はゼロだった。

そのうち廃線になるんじゃないだろうか、とこのバスの未来が不安になってきた。

開始三十分前に会場に着くと、ぽつぽつと人が集まり始めていて、受付が始まっていた。

スタッフに用紙を渡したあとで、来ている女性を物色する。

和服の人もいるし、スーツやワンピースの人もいる。自分が婚活するわけでもないのに、意気込みを感じる。

様々な人がいるのだが、わたしの眼鏡《めがね》にかなうような人はいない。間違っても亡くなった妻のようなガサツな女は駄目なのだ。

贅沢《ぜいたく》は言わないが、やはりきれいで品のある人がいい。

理想通りの女性はなかなか現れず、今日も駄目か、いや出会いは話してみないとわからない、などと自分を鼓舞する。

紺色のスーツを着た女性スタッフがマイクを持って、会場の真ん中に立った。そろそろ開始のあいさつが始まる。

そのとき入り口から一人の女性が入ってきた。

淡いグリーンのワンピースを着た女性の肌は白かった。時間ぎりぎりだというのに、落ち着いた様子で空いているいすに腰を降ろした。

胸には息子がいるという印の白いカーネーションをつけている。

きれいな人だ。動作にも落ち着きがある。

わたしの目はその人から離れなくなってしまった。

すぐに近づきたいのをじっとこらえながら、女性が提出したプロフィールに目を通す。

息子の年は香奈枝よりも若く、病院勤務と記入されているが、正直そんなのはどうでもよかった。わたしが仲良くなりたいのは女性のほうであって、息子ではない。

やがて相手の親と自由に話せるフリータイムが始まった。

すぐに立ち上がって女性の元に向かおうとして茫然とした。

女性の前にはもう人が並んでいる。

完全に出遅れてしまった。それでも並ぶしかない。

香奈枝のプロフィールを手に列に並んだ。数えると十一番目だった。

へたをすると自分の順番が来る前にパーティーが終わってしまう恐れもある。

辛抱強く待つしかない、と思っていたら、意外にもすぐに順番が回ってきた。

近くで見る女性の肌はきめが細かく、笑顔も愛らしかった。

どきん、と胸が鳴る。鼓動が早くなり、顔が火照《ほて》ってくる。

「あ、あの、わ、わたし、川野幸三と申しまして」

口の中がからからに渇いていて、うまく舌が回らない。

「ええ、初めまして。わたし、米倉留子と申します」

ぺこりと留子が頭を下げると、ふわりといい匂いがした。最近嗅《か》いだ記憶のない甘い女性の匂いだ。

それだけでノックダウンされた気がした。

「プロフィールを見せていただけますか？」

そう言われて、慌てて手にしていた香奈枝のプロフィールを差し出した。

ここは親の婚活パーティーの場だったと思い知らされた瞬間でもある。家事手伝いでは駄目だ。

すぐに追いやられてしまう。

現に目の前にいる留子は大きく目を見開いて驚いた顔をしている。

断られる前になにか言わなければとわたしは焦《あせ》った。冷や汗すら浮かんできて、額に手を当てていた。

どうアプローチしよう。

この後お茶でもどうですか。連絡先を交換しませんか。

駄目だ。それでは断られてしまう。

なにかもっと気の利いた言葉はないだろうか、と思案を巡らせていると、留子が声をあげた。

「素晴らしいですわっ！」

目をきらきらさせて、留子はプロフィール用紙を持っている。

「ぜひうちの息子とお見合いしてみませんか」

うれしそうに言う留子の姿を、虚脱状態で眺めていた。

目の前にいる留子の顔は喜びに溢《あふ》れ、請《こ》われるままに出した香奈枝の写真を食い入るように見つめている。

「まあ、なんてすてきなお嬢さん」

ワンオクターブ声を高くして、うっとりと留子は写真を見つめている。

どこが素敵なお嬢さんなのか、わたしにはさっぱりわからない。

性格は写真には写らないが、どこを見ても十人並みかそれ以下だと思っている。顔はしもぶくれていて、手入れなど一切していないから肌はがさがさで、色もくすんでいる。

「大切に育てられてきたんですのねえ。写真に性格の良さが滲み出ていますわ」

「はあ」

首を傾げながら、戸惑っていた。

大切には育てたかもしれないが、写真でそこまでわかるものだろうか。しかしこれはチャンスではある。香奈枝をダシにして一気に近づける。

「いや、そこまで褒《ほ》めていただいて恐縮です」

「だって本当のことですから」

「いやいや、いやー、うれしいですな」

これは正直な気持ちだ。どんなにできの悪い娘でも褒められれば悪い気はしない。

「ところで米倉さんはどちらにお住まいですか？」

住んでいる場所は重要だ。遠距離恋愛では時間と金がかかってしまうし、問題が起こりやすい。

「わたしは赤羽なんですの。赤羽駅からバスで十分ほどの場所に住んでます」

「うちは府中《ふちゅう》なんです。妻が亡くなった五年前から二人暮らしをしています。今は妻のかわりを娘がしてくれています」

「まあ、それで家事手伝いなんですね。ご立派な娘さんだわ」

ご立派ではなく、口うるさいだけなのだがわざわざ言う必要もない。

「わたしも夫がずいぶんと前に亡くなりましたの。だから息子ががんばってくれていて、お母さんがかわいそうだからと一緒に住んでくれています。おかげですっかり婚期を逃してしまって」

「なるほど、それでお母さんがかわりにというわけですね」

そう言いながら、夫が亡くなっているのならなんの問題もない。これは大チャンスだとわたしの胸は躍《おど》った。

「よろしければパーティーが終了したあと、どこかでゆっくりと話をしませんか」

思い切って尋ねると、留子はにっこりと微笑んだ。菩薩《ぼさつ》のような穏やかな笑みだった。

「もちろんです。どうぞよろしくお願いします」

いすに座ったままであったが、留子は頭を深々と下げた。その立ち居振る舞いに上品さを感じた。

米倉留子。

この人こそわたしが探し求めていた人だと確信した。

3　留子

「まー、秋之はいいうんちをしてるわねっ」

オムツを開いてころんと転がった便を見て、手を叩いた。胃ろうからの経管栄養だとどうしても柔らかくなりやすいが、今日はごく普通の便だった。くだらないことだが、今日はそれがなんだかうれしい。白いレースのカーテンの向こう側の空は赤く染まっている。明日も天気になりそうだ。

それもうれしい。つまり今日のわたしはなんでもかんでもうれしいのだ。だが、まだまだ油断はできない。前回のお見合いの件もある。

一度しか会っていない可乃子の顔が蘇《よみがえ》ってくる。はっきりと自分の意見を述べ、物おじしない態度だった。

あの気風《きっぷ》の良さがわたしは気に入った。それだけに落胆は大きかったが、またチャンスはやってきた。

汚れたオムツをビニール袋に入れ、ポリバケツに放り込みながら、今度こそ失敗は許されないと思った。

洗面所で手を洗ってリビングに行き、充電してあるスマホを見るとショートメールが届いていた。

今日知り合った川野幸三という男性からだ。

早速会いたい、話をすすめたいのだがどうかといった内容だった。

再度めぐってきたチャンスを逃すまいと返信を打つ。メールを送ってから、どうすればいいのか、あれこれとおさらいしてみる。考えたところで秋之本人がいなければならないのは最初からわかりきっている。

ここが知恵の絞りどころだった。

秋之は連れていけない。それでも結婚させたい。

頭をフル回転させるが、いいアイデアは浮かばない。

リビングでは、隼人が子供番組を見ていた。

歌のお兄さんが出てきて、体操をしながら歌を歌っている。

テレビを見ながら、隼人も踊りを真似《まね》している。

歌のお兄さんは歌も踊りも上手だ。見てくれも悪くない。

「はい、ここで大きく手を広げてえ」

などと言って子供を飽きさせない工夫も忘れない。

こんな人と結婚する人は幸せだろうなあ、とテレビを見ながらはたと思いついた。

身代わりを誰かにしてもらうのはどうだろうか。

秋之の代わりに見合いに行ってもらうのだ。同じくらいの年齢じゃなくてもいい。

身代わりになれるならどんな人でもかまわない。

知り合いで身代わりになれそうな人と考える。そうだ、一人だけいる。ヘルパーの正則だ。

仕事はいい加減だが、そんなに悪い顔立ちではない。イケメンとまでは言わないが、見られる顔だ。年齢は秋之と比べるとだいぶ下だが、若く見えるとかなんとか、言い訳はいくらでもある。そもそも人の年齢など、言われればそんなものかと思うだけだ。

彼に身代わりを頼んだらどうだろうか。

そう思い立つと、それは名案として心に染み込んでいく。

悩んでいる時間も、迷っている暇もない。すぐにヘルパー紹介会社に電話をかけた。正則と連絡が取りたかったが、守秘義務があるとかでさすがに教えてもらえなかった。ならば明日の午後一時に介護に来てもらえないかとお願いしたら来れるという。

通話終了ボタンをタップしながら、どうやって正則を口説き落とすか悩んでいた。

翌日、正則は相変わらずだらしのない格好で現れた。今日は着古したスウェットというい
で立ちだった。もう少しなんとかならないだろうかと思うが、服などどうにでもなる。

「今日は介護はいいわ」

たたきに立って汚れたスニーカーを脱ごうとしていた正則の動きが止まる。

「は?」

「話があるのよ。まあ、あがってちょうだい」

正則を招き入れ、リビングにいる隼人に大人しくテレビを見ているように促してから、わたしは二階にあがった。

二階には三部屋ある。今は誰も使っていない部屋ばかりだ。南側にある端っこの部屋に正則を招き入れた。

部屋にはダブルベッドとベビーベッド、備え付けのクローゼットとローチェストが置かれている。

部屋はときどき窓を開けているので、空気は淀んでいない。今からでもすぐに使える最低限の手入れは常にしていた。

ローチェストの上には、秋之と美樹と隼人の写真が飾られている。

「ここはね、秋之と美樹さんが使っていたお部屋なの」

そう言って写真をじっと眺めた。隼人が生まれたばかりで、美樹は生きていた。秋之も元気だった頃の写真だ。

「はあ？」

正則はとぼけた顔をして、周囲を見回している。

美樹が亡くなってからも、秋之はこの部屋を隼人と二人で使っていた。使わなくなったのは、秋之が病気で倒れてからだ。

二階を行き来するよりも一階にいてもらった方がいい、と訪問看護師の林春陽《はやしはるひ》がアドバイスしてくれた。だから今、秋之は一階にいる。

助言は的確だったとひと月もたたないうちに思い知らされた。荷物を持って階段を上がるのは、大変な労力となる。

「あなたにお願いがあるのよ」

呆《ほう》けた顔をして立ち尽くしている正則のほうに体を向けた。

「はあ」

「あなたに秋之の代わりをやってほしいの？」

「はあっ!?」

素っ頓狂な声を正則は上げた。

「おれ、おれが？　なんで、どうしてですか」

「理由はあとでちゃんと説明するわ。もしやってくれるなら一時間三千円であなたを雇う」

三本の指をたてて、正則の目の前に立てた。

ごくん、と唾を呑み込むのがわかった。

「やってくれない？」

正則はなかなか返事をしようとはせず、ただ黙ってわたしの顔を見つめていた。

返事を待っている間に、また正則は唾を呑み込んだ。

「ぐ、具体的には、代わりになってなにをするんですか？」

顔を前に突き出して、正則はゆっくりと問いかけた。

「秋之の代わりに見合いに行ってほしいの」

「見合い!?」

「そう」

こっくりとうなずく。

自分のアイデアに満足しきっていた。これ以外に方法がないとも思っている。

「だって、見合いってことは結婚するんでしょ？　おれ、もう結婚して子供もいるから」

唾を飛ばしながら、正則は両手を顔の前で振った。

おほほほほ、と口元に手を当てて笑う。

「見合いだけでいいの。なにも本当に結婚するんじゃないのよ。あなたは身代わりになって見合いの席でにこにこ笑っていればいいの。そのあとはわたしに任せておいて。それにもし結婚となっても重婚にはならないわよ。だって入籍するのはうちの秋之なのよ」

「それにしたって秋之さんは寝たきりじゃないか。騙《だま》すんですか。詐欺《さぎ》だよ、それは」

「詐欺じゃないわよ。本当に結婚するんだから」

「寝たきりだっていうのを隠して？」

「今は寝たきりでもいつかは元気になるわよ」

「は？」

「元気になるの。今は具合が悪いから寝ているだけ。病気なんだからいつかはよくなるのよ」

力説するわたしを、正則はぽかんと口を開けて見ている。

「本気で元気になるって思ってるんですか」

「当たり前じゃない」

ふん、と胸を張る。

「はあ、そうですかあ」

頬のあたりを正則は人差し指で掻く。

「元気になったときお嫁さんがそばにいてくれたほうがいいでしょ」

「はあ」

「だからね、とりあえず今の間だけでいいのよ。元気になったら秋之とチェンジするの」

「はあ」

「隼人だってかわいそうだわ、お母さんがいなきゃ」

「はあ」

「だからね、元気になるまでの間だけ」

「うまくいくとは思えないけど」

「いきますとも！」

きっぱりと言い切った。

うまくいかなかったら困るのだ。

「あなただってお金に困ってるんでしょ。ヘルパーなんてそんなに儲《もう》かる商売とは思えないけど」

　ちらっと横目で正則を見る。

「まあ、そうですね」

　痛いところを突かれたのか、正則は目を逸《そ》らした。

「だからアルバイトのつもりで、ね。引き受けてちょうだい」

　あごに手を当て、うーんと正則は唸《うな》った。

「いいけど、どうなってもおれは責任取らないよ。詐欺罪で捕まるのは奥さんだよ。それでもいいのかい？」

「結構よ。だいたい詐欺でも何でもないんだから。結婚はちゃんとする。あなたは身代わりをやってくれればいいの」

「そこまで言い切るなら。ちゃんと金は払ってよ」

　さえない顔つきで正則はうなずいた。

「交渉成立ね」

　ぱっと正則の両手を包み込むように握りしめる。

「まあ、やってみますよ」

　半ば呆れているようにも見えた。気づかなかったふりを装って互いの連絡先を交換した。

4　幸三

留子と別れて地元に帰ってくるとスキップしたい気持ちになっていた。

あと五十歳若く、体が軽ければ本当にそうしていただろうが、この老体ではそれもできない。それでも体じゅうからエネルギーが満ち溢れてくる気がする。

こんな気持ちになったのは何十年ぶりだろうか。

いったん足を止めて、青い空を見上げる。

留子の顔が浮かんでいる。

穏やかな笑み、やさしそうな福顔。品のよさが全身から滲み出ていた。

向こうも乗り気のようだ。香奈枝目当てだろうが、大チャンスには違いない。

ほうっと空に向かって息を吐き出し、家に帰ると不機嫌な香奈枝が待っていた。

その夜は、むすっとしてろくに話もしない香奈枝と二人で夕飯を済ませた。

こんな生活もあとわずかだ、と思えばなんともない。吠え面をかくなよ。

心の中でひっそりと笑いながら、香奈枝にばれないように留子にショートメールを送った。もちろん次の約束をするためだ。返信はすぐに来た。向こうものりのりのようだ。

このチャンスは逃すまい、とあれこれ考える。とにかく留子と二人で会うのだ。

まずは食事だろうか、映画を観るのもいい。そういえば久しく映画など観ていない。映画に誘おうと決める。

素知らぬ顔で新聞を眺めるが、今は映画の宣伝などほとんどしていないらしい。それなら明日コンビニでも行って映画の雑誌を探してみよう。

きっと二人で観る映画はすばらしいはずだ。

留子に思いを膨《ふく》らませていると、ほんわかと心が暖まってくる。

これが恋なのだ。

そう思ったとたん、胸がきゅううんと痛んだ。この痛みすら愛おしかった。

翌朝、九時に普段着のスウェットの上にコートを羽織り、スマホをポケットに突っ込んで家を出た。あまり早いと香奈枝にあれこれと言われそうなので、この時間まで待っていたのだ。

コートのポケットに手を入れて歩き、公団の前にあるコンビニに入った。店には客がおらず、店員が一人、商品の陳列をしている。

書籍コーナーに行き、映画雑誌を探し出して、一冊手に取った。折よくくるまれていないので、中身が読める。最近はどれも中身が開けないようになっているが、この雑誌はいいようだとページをめくる。

現在上映されている映画が紹介されている。サスペンスもの、動物ものと様々な映画が上映されていた。アニメもあるが、留子と見るならラブロマンスがいい。

新宿の小さな映画館でラブロマンスと思しき映画が上映されていた。これでいいかとその場ですぐに留子にメールを送る。

──まずは親同士で仲良くしましょう。二人で映画でもどうですか。

子供たちの婚活をさせるために会ったから、親同士が仲良くしようというのは、おかしいかとも思ったが、香奈枝を会わせるつもりなど最初からない。目的は留子なので自分の気持ちを正直にメールにして送った。

返事はすぐに来た。

留子も久しぶりに映画が観たいという。またメールを送る。来週あたりどうですか？

またもや間髪いれずに返事が来て、お願いしますと書いてあった。

思わずガッツポーズをしたくなった。さっそく映画館に電話して、午後からのチケットを二枚予約する。

真ん中の比較的いいシートが取れた。

詳しい約束時間は後日決めるとして、今日はおしまいとばかりにコンビニを出て、家に帰る途中で、これから買い物にでも行くのかダウンコートを羽織った和美とかちあった。

「あら、川野さん、コンビニに行ってたんですか？　お買い物？」

「はあ、まあ、ちょっと」

真実を教えてやる必要などどこにもなく、適当に誤魔化した。

「あら、これから会議ですけど、忘れてたんですか？」

「は？　会議？」

それなら先日したばかりじゃないかと言おうとして、そういえば集会の終わりに近々また集まりましょうと言っていたのを思い出した。

「忘れてたんですね。駄目ですよ。みなさん集まっているはずよ、行きましょ」

断る間もなく、和美に腕を取られ、集会場に連れていかれた。

住人がすでに待っていた。

中に入ると和美はコートを脱ぎ、みんなにお茶を淹れ始めた。そのお茶が全員にいきわたると、草刈りをどうするのか早々に決めようと郁夫が切り出した。

「だからね、自分たちでやればいいんです。自分たちが住んでいる団地なんだから」

和美の理論は聞き飽きていた。

「川野さん、はっきりと言ってやってくださいよ。川野さんだって自分でやる派でしょ」

どんっとテーブルを叩いて和美が言えば、みんなの視線が集中する。

「いや、わたしは別に」

「別になんなのよ。わたしはね、年が下だからみんなに馬鹿にされているのよ。でも川野さんは違うでしょ。みんなを説得してくださいっ」

「いや、それは……」

このままでは草刈りを自分たちでやる派に取り込まれてしまうと焦った。正直自分たちでやろうとしているのは和美を含めて少数だ。その少数の人たちと一緒に戦う気にはなれない。というかここに住んでいる以上、ほかの住人との間に波風をたてたくなかった。

　返答に困っているのがわかったのか、それまで黙っていた郁夫が手をあげた。

「まあ、草刈りをするまでまだ時間があるから。それよりも四月からの役員を決めましょうよ。そっちのほうが日にちがないから」

　穏やかに郁夫が言えば、みんながうなずいている。年長者の意見には従う空気が出来上がっていた。

「じゃ、役員を決めていきましょう」

　郁夫が助け船を出した形にはなったが、これもまた難題だった。

　役員をやりたい人など、ここには誰もいなかった。

　また会議が長引くのか、とうんざりした気持ちになりながらほかの人の顔色を窺《うかが》った。

　郁夫がそれでなくても細い目を更に細めて、じっと和美に視線を合わせた。慌てて和美がうつむく。それまでの勢いはなくなった。

　集会場の中がしんと静まり返り、みんな下を向いている。

　草刈りごときでもめる自治会の役員などたとえ書記であったとしてもやりたくない

のは、みんな同じ気持ちなのだ。

「まあ、ここは一番若手でもあるし、自分の意見もはっきり言える佐伯さんでどうでしょうか。前にも一度やってるし、今年、書記を経験したから勝手もわかっているだろうしね」

ゆっくりと郁夫は口を開く。

「冗談じゃありませんよ」

すぐさま和美が応戦する。

「わたしみたいな若造がやるなんてみなさんに失礼です。前に一度やったときだって、わたしの意見なんか聞きもしなかったじゃありませんか。ですからね、年長者がきちんとまとめていったほうがいいんです」

筋の通った意見でしょ、と言わんばかりに和美は大きくうなずいているが、その高齢者にたてついている若造は誰なんだと言いそうになった。

のど元までせりあがった言葉をぐっと呑み込む。

なにか意見して、じゃ川野さんに、などと言われてはたまったものではない。

「そうですよ。わたしじゃみなさんついてこれないでしょ、ね、ね」

周囲の人間に助けを求めているが、誰も和美の味方になろうとする人はおらず、下を向いたままでいる。

「そんなことありませんよ。会長は若い人がやるべきですよ」

郁夫も自説を曲げるつもりはなさそうだ。

「いえいえ、ここは年長の方にお願いしますわ」

「草刈りの件に関してもそうですが、佐伯さんはいつも立派に自分の意見を発言してくれる。そういう人こそ適任ですよ」

郁夫の反論に、和美は慌てて口を押さえたが、和美の弁が立つのはみんなが知っている。

会長は和美に、という流れになってきた。

わたしも一安心する。草刈りは自分たちでやる破目になるかもしれないが、和美が引き受けてくれるなら、自分は面倒ごとをしょい込まずに済む。

草刈りは一日で終わるが、会長の任期は一年だ。しかもほとんどの住人が一度は経験している。二度も三度も引き受ける人だっている。もちろんわたしも十年ほど前にやっている。郁夫など今回で五度目だ。

それを考えれば、まだ一度しかやっていない和美が会長で妥当だと誰しもが思ったに違いなかった。

「それでは佐伯さんにお願いしましょうか」

場の空気を読み取って、郁夫がまとめに入った。郁夫も和美に押し付けようという魂胆がまるわかりだが、誰もなにも言わなかった。なにか意見を言って、じゃ、あなたがやればいい、となるのをみんなが恐れていた。

「佐伯さん、引き受けていただきますよ」

もう逃がさないとばかりに、郁夫は断定した。

「待って、待ってください」

がたんといすを蹴飛ばす音があたりに響く。和美は立ち上がって郁夫を睨んでいる。

「やっぱり男の人がいいわよ。そうだわ、川野さん、どうでしょう。しばらくやってなかったですよね」

突然指名されて、慌てて立ち上がった。

「いえいえ、わたしは無理です」

「どうして無理なんです？　長くここに住んでるし、わたしなんかよりも適任ですよ。そう思いませんか。みなさん」

和美は集まった住人に承諾を求めるように、見回している。

「いや、でもね」

「そうしましょ。ねえ、いいわよね。しばらくやってないですもんね」

しばらくやってない、に和美は力を込めた。

「まあ、そうですねえ。どうでしょう、川野さん。ここはひとつお願いできませんか」

郁夫としてもこれ以上議題が増えていくのは嫌だったに違いない。

上目遣いで見つめられた。

「はあ、でも、しかし」

「いえいえ、川野さん、適任。すばらしい、男の中の男よ」

ぱちぱちと和美が手を叩いた。

「じゃあ、ここは、川野さん。どうかひとつよろしくお願いします」

深々と郁夫に頭を下げられて、反論できなくなった。

「はあ、まあ、そうですねえ」

迷っている、というのをアピールしたつもりだったが、和美もほかの人たちもそうは受け取らなかったらしい。

「じゃあ、よろしくお願いしますよ」

またもや郁夫にお願いされ、もはや断れなくなった。

「はあ」

後頭部を掻きながら、曖昧《あいまい》に答えた。

「まあ、すてき。さすが川野さん。じゃ、お願いしますね」

胸を張って言う和美に、誰も反論しなかった。郁夫すら黙ってしまった。

無理もない。会長だ。誰だってやりたくない。

なし崩しのまま会長に任命されて、その日の会議は終了になった。

それぞれが席を立ち始め、わたしも仕方なく出口に向かう。そのとき、どすん、と後ろから音がした。きゃー、と和美の悲鳴も聞こえてきて振り返ると、郁夫が床に寝転がっていた。

「ちょっと大丈夫ですか？　どうしたんですか」

寝転んでいる郁夫の肩を和美が血相を変えて摑《つか》んだ。さすがに知らん顔はできないと郁夫の元に駆け寄った。

郁夫は失禁してズボンを濡らし、口を半開きにしていた。

「しっかりして」

激しく揺する和美になんの反応も見せない。

「ちょっと揺すったら駄目だよ」

住人の一人が顔を強張らせて、和美を止めた。

「きゅ、救急車あああ」

悲鳴にも似た和美の声が集会場の中に響き渡る。

慌ててポケットの中からスマホを取り出したが、それよりも早く連絡をした人がいる。

「すみません、人が倒れて！　すぐに一台！」

タクシーを呼んでるんじゃないんだぞ、と叱責《しっせき》したくなる呼び方だった。

慌てふためくみんなの中心で、郁夫はだらだらと涎《よだれ》を垂らしていた。

郁夫が救急車に乗せられて遠ざかっていくまでそう時間はかからなかった。

スマホを見たらほんの十分程度だった。

救急隊は手慣れた様子で、郁夫を運び出し、病院まで付き添える身内の方はいませんかと尋ねた。

郁夫は一人暮らしだ。娘はいるが、今は別に住んでいる。都内ではなかったと思うが、どこにいるのかと聞かれれば記憶は曖昧だった。それは居合わせた人たちもみな同じだったらしく、誰も詳しく答えられない。

一人で病院に行かせるのもどうかとなり、結局和美が一緒に乗り込んで救急車は走り去っていった。

いやな場面に遭遇した。救急車のサイレンは毎日のように聞いていても、目の前で人が倒れるなんてのは初めてだった。

横たわった郁夫の姿を頭の中で思い出すとぶるっと体が震えた。

両腕で体を抱きしめるように家に帰ると、カレーの匂いが漂っている。

「遅かったわね」

キッチンに行くと不機嫌な香奈枝に出迎えられた。

「会議ってこんなに時間がかかるものだった?」

こちらを見ようともせず、香奈枝はセーターの袖をまくり上げてシンクの中の汚れ物を片づけていた。

「救急車の音、聞こえなかったか?」

体を抱きしめたままのかっこうでわたしは尋ねた。

「聞こえたわよ。そんなのいつもじゃないの」

そうだ。香奈枝の言う通りだ。さして驚く出来事ではないが、目の前で人が倒れたのだ。

「木崎さんだよ、運ばれたの」

「ふーん、あ、そう」

素っ気ない返事だった。なんの関心もないのだろう。

「おまえはよく知らないだろうけど、木崎さんとはここに引っ越してきてからの長い付き合いなんだ」

「そうね、あそこの娘さんとは通学班が一緒だったわ」

「そうか。会議が終わったあとに倒れてな」

「だってもう九十歳くらいでしょ。別になにがあってもおかしくないと思うよ」

確かになにがあってもおかしくはない。そうわかってはいても、気持ちはそれだけではおさまらない。心配になって和美のスマホにメッセージを送る。家族もすぐ来られるかどうかはわからない。住人の協力が必要かもしれない。かといってなにができるわけでもないのだが。

「ご飯にしようよ。カレーだよ」

においでわかってはいたが、いちいち答えるのも面倒で、黙ってテーブルについた。

香奈枝が用意したカレーが目の前に置かれる。野菜はみんな溶けたのかどこにも形がなく、肉も見えないカレーだった。

これじゃ力もつかない。たまにはがっつりとしたステーキを食べてみたい。

「香奈枝、どうせならもっとこう肉がたっぷり入ったカレーがいいなあ、お父さんは」

ものは試しにそう言ってみた。

「入ってるわよ」

すました答えが返ってくる。

「いや、だからこうもっと分厚くて、ステーキみたいなの。ちゃんと肉を食べないと体力がなくなってしまう」

郁夫が倒れた事件をどこかに押しやり、留子を思い出しながら言った。

体力がなければ留子との関係も進められない。せっかくいい出会いをしたのだから、もっとお近づきになりたい。

「今になって体力をつけてどうするのよ。ばかばかしい。だいたいステーキなんか買える余裕はうちにはないわよ」

そこからいかに家計が苦しいかを切々と語りだした。

口調は穏やかだが、稼ぎが少なかったと責めている。もっと給料がよければ貯金ができただの、だから年金も安いなどと聞いていると亡くなった妻を思い出す。

妻もなにかというと安月給のわたしを責めた。引っ越してきた当初は喜んでいたくせに、月日が経つと不満を口にするようになった。安月給だから家も買えず、公団で辛抱している、同級生や知り合いはみんな持ち家なのに恥ずかしいとまで言ってのけた。

亡くなった妻の口調と香奈枝の話し方はそっくりだった。

頭が痛くなってきた。

あまりおいしいとは思えないカレーが更にまずくなっていく。

野菜はどろどろに溶け、肉の欠片《かけら》だけが浮いたカレーを食べさせられている自分が惨めに思えてならなかった。

食事を終えて自室のこたつに足を突っ込んだ。

家計を完全に香奈枝に握られてお小遣い制にされたのがよくなかった。亡くなった妻がそうやっていたから、香奈枝がそのまま受け継いだのだが、なぜあのとき自分で管理すると言わなかったのかと悔やまれてならない。自分が財布の紐《ひも》を握っていれば、好きなものは何でも買えた。こんな惨めな食事にもならなかった。

こたつに額を押し付けて、うーと唸った。

思い返してみれば失敗だらけの人生だった。家族のためにとがんばってきたのがそもそもの間違いだ。この公団に引っ越してきたのも間違いだった。

間違いだらけの人生をなんとかしたい。まだやり直しはきくはずだ。

そのためにはこの公団を出て、香奈枝と別に暮らすしか方法はない。

ここを出ていけば、面倒な草刈りもやる必要はなくなる。会議に出席しなくてもいい。

留子のやさしい面立ちを思い出す。

なんとか留子を手に入れて、幸せいっぱいでここから出ていくのだ。

となりの部屋に続くふすまがぴたりと閉まっているのを確認してから、両手をこたつの中に入れ、スウェットの中からペニスを引き出した。

力のない柔らかいペニスを両手でこする。しばらく続けていると気持ちがよくなってきて、少し硬くなってきた。だがそこまでだった。どんなにがんばってもそれ以上硬くはならず、両手を離すとすぐにだらりと垂れてしまう。

情けない体になってしまった。それでも、夢は捨てられない。なんとかしてここを出ていくのだ。

もう一度ペニスを握る。

留子の手を取って。二人ならきっと幸せな生活が送れるはずだ。

留子さん。

心の中で留子の名前を呼ぶ。

手の中のペニスはやっぱり柔らかいままだった。


自分の体に情けなさを感じながら、一日をだらだらと過ごし、昼の残りのカレーをまた夕飯に食べた。夕飯が済むとこたつを隅に寄せ、布団を敷く。

枕と掛け布団を置き、風呂にでも入って早く寝るつもりで支度をしていると、インターフォンが鳴った。

こんな夜に珍しいと玄関のドアを開けると、目を真っ赤に充血させた和美が立っていた。

「ああ、病院から帰ってきたんですか。それで木崎さんは?」

こんな遅くに来たのだから、用件はそれ以外には考えられなかった。

う、と和美は低い声を漏らし、顔を歪《ゆが》め、ブルーのハンカチを口元に当てた。

「木崎さん、どうかなさったんですか？」

和美の様子はただごとではない。ずけずけとものを言う人が今にも泣きそうな顔をしているのだ。

はあ、と和美は大きく息を吐き出した。

「木崎さん、亡くなったんですよ。救急車の中で呼吸が止まって。病院のお医者様も手を尽くしてくださったんですけど。もう九十でしょう。だから駄目だったんです。川野さん、心配してたから一応報告に来たんです。電話でもいいけど、どうせとなりだから」

ハンカチに顔をうずめて、唸りながら和美は泣いた。

親しい近所付き合いはずいぶん前からしていなかった。高齢者が多い公団では、自分のことでみんな手一杯だ。和美は若いほうだが、子供がまだ高校生なのでなにかと忙しいはずだ。和美自身も働いている。人さまと仲良く近所付き合いをするだけの時間の余裕はなかったと思う。それでも近所の人が亡くなったと聞けば、悲しみはする。しかも和美が救急車で付き添って行き、自分の目の前で人が亡くなったのだ。

「娘さんが来て葬儀屋なんかの手配はしていましたけどね、わたしはショックですよ。だってほんの数時間前まで元気だった人が自分の見ている前で亡くなったんだから。娘さんが、通夜と葬式は遠慮してほしい、家族葬でするからって。それもなんだか寂しいですよねえ」

ううう、とのどの奥を締め付けて苦し気に和美は泣いた。

想像通りだが、はっきりと和美の口から告げられると、わたし自身も衝撃を受けた。

この公団は巨大な老人ホームだけではない。巨大な棺桶にもなろうとしている。わたしは生きたい。元気に生きて残された時間を楽しく過ごしていきたい。

留子ともっと仲良くなりたい。

一日でも早くここを出ていこう。

泣いている和美を見ながら、さらに思いを強くしていた。

5　留子

映画を観に行くと約束した日はよく晴れていた。風もない穏やかな午後の陽気の中、正則はやってきた。

見合いと聞いて、一応服装は整えてきたらしい。ブレザーを正則は羽織っていた。本当はスーツがよかったが、贅沢は言えない。スーツなど着てどこに行くのかと家族につめよられたくなかったのかもしれない。もっともこちらもあまり堅苦しくなるのもどうかと思い、ワンピースを選んでいた。

リビングのソファに正則を座らせ、最後の打ち合わせに入る。

「いい。秋之の趣味はアウトドアと車。バーベキューが好き。自動車免許を取ったのは高校三年生の時。そこから大学に行って、レントゲン技師の免許を取った。以来ずっとレントゲン技師として働いている」

「わかってますよ。何度も打ち合わせをしたんだから」

無愛想に正則は答える。やはり納得はしきれていないのだと思ったが、もうあとには引けない。

「頼んだわよ。おかしな言動をするようならわたしがフォローに入るから」

「ところで今日は何をするんですか？　お茶？　食事？」

「映画よ」

「映画あ」

ソファに腰かけていた正則がずり落ちそうになっている。

「だってお見合いでしょ？」

「そうよ」

「向こうの娘さんも来るんでしょ」

「来るでしょ」

「四人で映画？　普通食事とかしない？　なんかおかしくない？」

相手を見つけて喜んでいたが、そういえばお見合いで映画ってどこかおかしいかも、と違和感を持った。正則に指摘されるまで、なんの疑問もわかなかったが、見合いに映画なんて聞いた例《ため》しがない。

不可解に感じて届いたメールを読み返す。そこには確かに「映画」と書かれていたが、まずは親同士が仲良くなりましょう、とも綴《つづ》ってある。

あまり深く考えもせず、喜んでばかりいて正則を呼びつけたが、これはなにかちょっとおかしいかも、と思い始めた。

いや、知り合った場所が場所だけに、二人きりというのはないはずだ。きっと映画を観てお茶でもするのだ。かしこまらずにいいかもしれないと頭を切り替えた。

「いいのよ、あなたは言ったとおりにやってちょうだい。もしばれたらお金は払わないわよ。いいわね」

頭に浮かんだ疑問を端っこに追いやり、切々と正則に言い聞かせてから、隼人を連れて家を出る。まずは加寿子に隼人を預けなければならない。前回と違って食事はなしの時間だから、預けるだけでよかった。

大五郎の不動産屋に行くと、隼人はすぐに奥まで入っていき、加寿子に抱かれた。

「じゃ、お願いね。あまり遅くはならないと思うから」

そう言って加寿子に隼人を託し、二人でバス停に向かった。

「いつも預けてるんですか?」

「そうよ。ほかにいないのよ。加寿子ちゃんとは付き合いも長いしね」

「ふーん。うちのもよく自分の親に預けてるよ。仕方ないもんな。保育園は満員だし。働きたくても子供が保育園に入れなきゃそうなるし」

つまり正則の妻は専業主婦なのだ。それでは確かに金はほしいだろう。いやだのなんだのとぐずってはいたが、金には負けたのだ。わたしとしては正則がうまくやってくれればそれでいいだけだった。

正則を連れて、待ち合わせ場所にしていた新宿駅、小田急《おだきゅう》観光案内所の前に行く。

幸三はすでに待っていて、晴れやかな笑みを浮かべている。

あたりを見回す。

娘らしき姿はない。

疑問を感じながら、わたしも微笑んだ。

「お待たせいたしました。息子の秋之です」

後ろに立っていた正則を前に突き出した。

「こんにちは秋之です。よろしくお願いします」

腹を括《くく》ったのか、さわやかな笑みを浮かべ、堂々とした態度で幸三に頭を下げている。

「こちらこそ。ところでどうして息子さんがご一緒に？」

人差し指をたてて正則を示している。

「は？」

ぽかんと口を開けたのは一瞬だ。

「だってお見合いでしょう」

「わたしはお母さんを映画に誘ったんです」

「ええ、それは承知しております」

「お母さん一人を誘ったんです。メールにも書きましたよ」

「はあ」

そうだったかな、と首を傾げてしまった。

「でも、それじゃあお見合いになりませんから」

「だからまずは親同士が仲良くなって、それから子供たちの結婚をすすめていきたいんです」

「はあ」

わかったようなわからないような話でまた首を傾げた。

「だからね、君はもう帰っていいから」

これには正則と二人で驚いて、顔を見合わせてしまった。

「あの、でも、それではお見合いになりませんし」

「子供を知るにはまずは親同士から。親同士が仲良く親しくならないと子供たちもうまくいきませんからな」

逆じゃないか、と思った。けれどここで幸三の機嫌は損ねたくない。何度もお見合いのセッティングをしてくれる人などそうはいやしない。そう考えれば黙っているしかなかった。

「あー、だからね」

こほん、とわざとらしい咳を幸三はした。

「君はもういいから」

ぱっぱっと手を振り、正則を追い払う仕草をした。これにはさすがに正則もかちんときたようでむっとした顔をしている。

「まずは親同士。いずれ娘も紹介するけどね、とりあえずはお母さんと話をして仲良くなりたいから」

親同士で仲良くなってどうするのか、そう言いたくなったわたしの耳元で正則が囁《ささや》く。

「どうします？」

「仕方ないわ。今日は遠慮して」

「報酬はいただくよ。他の仕事を断ってきたんだから」

「わかってるわよ」

そう答えながらも、釈然としなかった。けれど雇ったのはこちらだ。しかも無理難題を押し付けて。

「どこかで待ちます？」

「家で秋之を看ててちょうだい。臨時のヘルパーだけでは心配だから」

今日は高校を卒業したてぐらいの若い女の子が来ていた。ヘルパーの経験がそんなにあるように見えなかった。

バッグからカギを取り出してそっと正則に手渡す。

ちっと舌打ちが聞こえてきた。映画を観たあとはおいしいものでも御馳走になろうと思っていたのに、あてが外れて悔しいのだ。

不貞腐《ふてくさ》れてその場から去っていく正則を二人で見送ると、幸三がこちらを向いた。

「ところでお母さん、いえ、留子さんとお呼びしてよろしいでしょうか」

「は、まあ、けっこうですけど」

まだ会って二度目だ。いくらなんでも「留子さん」はないと思うが黙っていた。

「じゃ、行きましょうか。映画に」

「え、ええ」

幸三の後ろからついていき、映画を観た。

中身はラブロマンスで、正直退屈だった。このところ隼人とアニメばかり見ているせいか、脳が幼児化してしまったのかもしれない。

その退屈な映画を観ている間、幸三はもぞもぞと動いていた。なにをしたいのか最初はわからなかったが、どうやらわたしの手を握りたいようだ。時折膝に揃《そろ》えてある手に幸三の腕が伸びてくる。だが触れずに引っ込む。そんな行動が何度か繰り返された。

なにかおかしい。幸三の振る舞いはおかしすぎる。かといってこれを断れば一からやり直しだと思えば、無下《むげ》にはできない。

このチャンスは絶対に逃したくなかった。

6　幸三

留子の息子は、いわゆるイケメンだった。ただあまり性格がよくなさそうだ。帰っててもいいよ、と言ったら露骨にむっとした顔をしていた。よほど結婚したいらしいが、わたしは留子と二人で映画を観たかったし、会いたかったのだ。

少々怒ったらしいが、あっさりと帰ってくれてわたしは心底ほっと安堵した。

「じゃ、映画に行きましょうか」

二人きりになるとそう留子に言った。

「え、ええ」

複雑な表情を留子はしたが、気がつかないふりをして雑踏の中を歩き始めた。

新宿駅はアクセスが良いだけに、まったく人が多い。人をよけながら留子と会話するのは至難の技だった。それでも留子の趣味なんかを少し聞き出せた。留子は旅行が好きらしい。映画も昔はよく観たらしいから、今日のチョイスはよかったようだ。

南口から徒歩五分の場所にある映画館に行き、予約した映画が上映されている会場に入り、コートを脱いでシートに腰かけた。

留子もコートを脱いだ。ピンク色のワンピースが現れる。その色は留子の表情を華やかにした。

場内が暗くなり、映画は始まったが、わたしの気持ちは高ぶっていた。

となりにいる留子の手を握りたい。

触るだけでもいい。

暗がりの中で、白い留子の手の甲がぽっかりと浮かんでいる。

ああ、あの手を握りたい。

待望のラブロマンスではあったが、ストーリーはまったく頭の中に入ってこなかった。上映されている二時間もの間、どうやったら留子の手に触れられるか、そればかり考えていた。

結局、映画が終わって場内が明るくなっても、手は握れないままだった。

「おもしろかったですね。映画なんて久しぶり」

微笑んだ留子の顔が眩《まぶ》しかった。

二人で映画館を後にして外に出てから次の段階に進めていこうとした。

「留子さん、よろしければお夕飯でもどうですか。少し早いですが」

夕飯と言ってもまだ四時だった。だがほかに留子を引き止める理由が見つからなかった。

「ありがとうございます」

礼を言われてほっとした。

「うれしいんですけど、息子が先に帰りましたでしょう。だから食事の仕度をしなければならないから」

やんわりと断りを入れられて、仕方なくまた新宿駅まで戻ってきた。

ＪＲの改札口まできて、これ以上は引き止められないと観念した。

「また誘ってもよろしいですか」

恐る恐る尋ねてみた。

「もちろんです」

即答されて、いい感触を得た。

今のうちに次の約束を取り付けてしまいたい。

「留子さん、もしよろしかったら次は温泉などどうでしょうか。二人で一泊」

口にしてから早急すぎたと後悔した。

コロナは落ちついてきているが、まだ自粛している人もいる。

留子の顔が強張っている。

「すみません、少し考えさせてください」

胸のあたりに右手を添え、留子はそっと目を伏せた。

「え、ああ、そうですよね。ええ、まあ、いずれは。じゃ、これで」

「はい、ありがとうございました」

軽く会釈《えしやく》をして自分から離れていく留子を黙って見送った。そのうちに人ごみにまぎれて留子は見えなくなった。とたん、どうしようもない後悔に襲われる。

留子の手を握れなかった。温泉の提案も早すぎた。

急《せ》いては事を仕損じる。

がっかりして家に帰れば、怒った香奈枝が待っていた。

玄関先でコートを脱ぎ、そのまま自分の部屋に行こうとした。

「ちょっと、お父さん」

部屋に入るより早く、香奈枝に呼び止められた。

「今日はどこに行ってたのよ」

わたしの行動を咎《とが》める、きつい眼差しだった。

「どこだっていいじゃないか」

行き先を告げずに家を出ていた。コートをハンガーにかけ、タンスにしまう。

「財布」

突然、香奈枝が手のひらを出してきた。

「財布がどうした？」

「財布、見せてよ」

「なんでだよ」

「なんでもよっ！」

有無を言わせないきつい口調だった。

「なにしてるのよ、早く見せなさいよ」

上に向けていた手が乱暴に伸びてきてわたしが着ているスーツの内ポケットの中に突っ込まれた。身を捩《よじ》って逃げようとしたが、それよりも香奈枝の行動は素早く、わたしの財布を握りしめている。

財布を持ったまま、香奈枝はくるりと後ろを向いた。

「なにしてんだ。返しなさい」

奪い返すよりも早く、香奈枝は中身を確認してしまった。

「一万円しかない！」

再びわたしと向き合った香奈枝は、両目を吊り上げていた。

「一体、なにに使ったの。今日はどこに行ってたの」

「お父さんのお金だ」

お小遣いと称してもらっている金だって、元をただせばわたしの年金だ。

「いいわよ。じゃ、もう聞かないわよ。でもね、お小遣いの追加は渡さないわよ。三万円だって多いくらいなんだから」

「冗談だろう？」

顔から血の気が引いた。

これからの留子との付き合いのために、月々の金額をあげてくれ、と交渉しようかと思いついた矢先だった。

「親の婚活だかなんだか知らないけど、お金を使いすぎてるの。うちの収入はお父さんの年金だけなんだよ。節約しなきゃやっていけないんだから」

「だったらおまえが仕事をすればいいじゃないか」

「わたしが仕事をしたら誰が家事をするのよっ」

世の中には家事をしながら仕事をしている女性はたくさんいる。

そう言い返したくなる気持ちをぐっとこらえる。

言い争いになるだけだからだ。穏やかに生活していきたいなら黙っているのが一番だ。結局、最後はそこに辿《たど》り着く。

「財布。中身は見たんだからもういいだろう」

諦めきってそう言うと、香奈枝は財布を放って寄越した。

「使いすぎには注意してよ。婚活パーティーもほどほどにして」

言いたいことだけを言って去っていく香奈枝の背中が、憎らしくてならなかった。

要するにケチなのだ。

あんなケチな娘とは早く別れて暮らしたい。

真剣に香奈枝を嫁に行かせてしまおうかとも思ったが、あんなケチで小言ばかりを言う娘をもらってくれる奇特な人がいるとは到底思えない。

スーツを脱ぎ、普段着に着替え、まだ温まっていないこたつに足を突っ込んだ。

あんな娘など無視をして、どうやったら留子とうまくいくか考え始めた。

7 留子

隼人を迎えにいって家に帰ると、秋之の部屋に正則はいた。正則は相変わらずスマホをいじっていたが、今日は隠す素振りもない。

代わりに頼んでいたヘルパーには帰ってもらったという。勝手だとは思うが、へたに怒って機嫌を損ねたくない。

「あの人、まずくないですかあ」

いすに座って足を組み、スマホから目を離さずに正則は言った。

「まずいって?」

「普通お見合いに来た相手を追い返さないでしょ。しかも肝心の娘はいなかった」

「あなたには関係ないでしょ」

そう言ってから、レースのカーテンを閉じる。夕日が眩しく当たっているのに、カーテンを開けたままでいたのだ。

「あなたは自分の任務だけをちゃんとこなしてくれればいいのよ」

「任務ねえ」

ぷらぷらと足を揺する。

「まあ、いただけるものさえいただければいいけどね」

いすから立ち上がった正則はまっすぐにわたしの前まで来ると、手のひらを上に向けた。

財布の中から約束通りの金を出し、その上に乗せる。

「毎度どうも。またなんかあったら声かけて。いつでも来るよ」

金を握りしめると、ここにはもう用がないとばかりに部屋から出ていった。

陽《ひ》が当たっていた秋之の顔を覗き込む。

秋之は必ず元気になる。だがいつ元気になるのかは誰にもわからない。

わたしの体力もいつまで続くかわからない。

「秋之……」

頬をそっと撫でる。

帰り際に提案された一泊の旅行。温泉。

家族旅行なら何度か行ったが、異性と出かけたのはずいぶん前で、それも亡くなった夫とだった。

まさかこんな年になって異性から旅行に誘われるなんて想像もしていなかった。それも二人きりで。

なにかおかしいと思っていたが、これではっきりした。幸三はわたしと付き合いたいのだ。

相手の思惑に乗るしかないかと心が迷う。迷いながら気がついた。

娘と二人暮らしと言っていた。家事手伝いの娘が幸三なしでは生活できるはずもない。恐らくは幸三の年金で生活している。だったらもれなく娘がついてくる。

わたしが困っているのは、あくまでも介護と子育てなのだ。

秋之と娘が結婚しなくても、幸三と結婚すれば介護者は手に入る。

願いはちゃんと叶《かな》うじゃないか。

頬に手を置いたまま、顔をあげる。

亡くなった夫には申しわけないが、これも秋之のためだと、心を鬼にして嘘をつき通すしかない。

行くしかない。そう心を決めたわたしの手を隼人が引っ張っている。

「ばあちゃん、公園行きたい」

膝を折り、隼人と目線を同じにする。

「もう夕方よ。じきに暗くなるでしょう」

「行きたい」

普段、家の中ばかりにいるからたまには外で遊びたいのだろう。

窓のほうに、目を向ける。まだ空は明るい。

「じゃ、ちょっとだけね」

そう言い聞かせて隼人と手をつないで公園に行けば、数人の小学生がいて、ボールを蹴飛ばして遊んでいた。

ブランコをハンカチで拭き、隼人を座らせる。

一人で遊ぶ隼人を黙って見ていると、若い女性が公園内に走ってきた。

「もうっ。靴がほこりだらけじゃない。今日、みんなでお外に食べに行くって言ったでしょう。早く帰ってきなさい」

ボールを蹴っている少年のママだろうか、幾分怒りを含んで、手を振っている。

「帰ってきなさい」

「もう少し」

公園内を走っている男の子の一人が明るく返す。

「駄目、おばあちゃんも来てて、あんたを待ってるの。みんなももう帰りなさい」

はーい、と気のない返事をして、子供たちは三々五々散っていった。一人は迎えにきた母親と手をつないで、公園を出ていった。

隼人の漕《こ》いでいたブランコはいつの間にか止まっていた。じっと乾いた地面を隼人は見ている。

目には涙が浮かんでいた。なにが言いたいのかすぐにわかってブランコに乗った隼人をぎゅっと抱きしめた。

母親が恋しくないはずがなかった。

「帰る」

抱かれながら、隼人は寂しそうにつぶやいた。

そっと手を離すと、隼人はブランコから降り、一人先に歩き出す。

その後ろ姿が、寂しそうに見えた。

まだまだ母親が恋しい子供なのだ。

秋之には介護者が必要だ。それ以上に、隼人には母親が必要だ。隼人自身も求めている。

行くしかない。

幸三の案にのるしかない。

旅行に行く。

幸三と二人きりで。

前を歩く隼人の後ろ姿が、わたしの心を後押ししている。

詐欺師と言われようが、なんだろうがかまわない。

嫁を手に入れたい。望みはそれだけだった。

りぃん。

仏壇のおりんが鳴る。

夫の両親と夫の位牌がある仏壇の前に正座をし、手を合わせ、心の底から謝る。

お父さん、許してください。わたしは詐欺師になります。これも全部、秋之と隼人の幸せのためです。

何度も何度も心の中で謝ってからそっと目を開ける。

「お父さん、許してね」

小声でつぶやいてから仏壇を離れ、リビングに行き、充電器につないであるスマホを握り、睨みつける。

一度大きく深呼吸してから幸三にメールを打つ。

もちろん旅行にOKを出すためだ。

この旅行で完全に幸三を手に入れる。

迷いは捨てた。

送信ボタンを押すと、スマホから手を離し、夕飯の支度をする。今日も総菜で済ませるつもりだったが、このところ出来合いばかりで隼人がかわいそうだった。簡単に用意できるスパゲティにする。ピーマンもにんじんもたっぷり入れてつくる。

わたしがつくったナポリタンを隼人はおいしそうに食べた。口のまわりはケチャップだらけだ。

「ほらほら、隼人。お口が真っ赤よ」

ときおりティッシュで拭ってやる。

隼人はぺろりと平らげ、食後のデザートにと出したいちごも食べた。

一緒に風呂にも入り、リビングでテレビを見させている間に、メールをチェックする。返信が届いていて、箱根《はこね》はどうかと書かれていた。

今回は楽しめる旅行にはならない。だから箱根だろうが草津《くさつ》だろうがどこでもよく、お任せします、とだけ書いてメールを送った。

スマホを置いてから秋之の部屋に行った。

顔を覗き込む。

秋之の口は閉じられたままだ。目覚める気配はない。もし旅行に行っている間に、秋之の容態になにか変化が起こったらどうしよう。

一抹の不安が心の片隅によぎる。だがそのときはそのときだ。旅行から帰ったときに元気な秋之に出迎えられるのもいいじゃないか。

今夜最後のオムツ交換をし、体を横に向け、背中にクッションを入れる。

「お母さんを許してね」

寝顔を見ていたら思わずつぶやいてしまった。

心なしか秋之の顔が微笑んだように見えた。口角が少し上がった気がする。応援しているのかもしれない。秋之は寝たきりでどこにも行けないが、わたしの気持ちはちゃんと理解している。だから笑ったのだ。

秋之の頭を両腕で包み込むように抱きしめる。

温かかった。

生きている。ちゃんと秋之は生きている。

がんばらなくては。

秋之の応援があればなにも怖くはなかった。


朝十時五分に訪問看護師の林春陽が大きな黒いバッグを持ってやってきた。

長い髪をひとまとめにし、動きやすそうなポロシャツとパンツというものスタイルだ。それが訪問看護師の制服なのだろう。

「今日はいいお天気でよかったですねえ。少し暖かいから、窓を開けましょうか」

ベッドの脇にバッグを置いた春陽は、レースのカーテンを力任せに引き、窓を開け放った。ひんやりと冷たい風が入ってくる。暖かい日と言ってもまだ二月だ。

「ほーら。秋之さん、気持ちいいでしょ」

などと声をかけながら顔を覗き込んでいるが、気持ちいいというよりも寒いのではと心配になった。

「空気の入れ替えは大切ですからね」

そう言ってバッグから血圧計を取り出し、慣れた手つきで巻き付けていく。

「ねえねえ、パパは元気？」

春陽のそばに寄って無邪気に隼人が話しかける。

「もちろん、元気よう。お顔の色もいいしね」

しゅーと血圧計から空気が抜ける音が聞こえてくる。

「ほら、血圧もちょうどいい。隼人くんのパパはすっごく元気」

にこにこと笑って春陽は言う。

血圧を測定した後は、着ている浴衣を脱がし、全身をチェックしている。カーテンも窓も開けたままで。

目の前は駐車場になっているから人が通りかかっても目には触れないと思うが、常識的に考えて、窓もカーテンも開けて着替えをしたり、裸《はだか》になる人がどこにいるというのか。

デリカシーに欠ける看護師だ。

オムツにも手を伸ばしたので、慌ててわたしはカーテンを引いた。

「うん、お尻もよくなってますね。赤みが薄らいでますよ」

「毎日ワセリンを塗ってますから」

嫌みとして言ったのだが、春陽には伝わらなかったらしい。笑顔でオムツを元通りにし、はだけた浴衣を整え、布団をかけた。

「変わりがないので安心しました」

「じゃ、向こうでお茶でも」

「あ、はい」

血圧計をさっさとしまい、春陽は再びバッグを肩にかけると、一人でリビングに向かう。その後ろを隼人が追いかけていった。

二人がいなくなると急いで窓を閉めた。

確かに昨日よりは暖かいが、本格的な春にはまだ少し早い。いつまでも冷たい風の中に、秋之を置いておきたくはなかった。

レースのカーテンもきっちりと引いてからリビングに行くと、ちゃっかり春陽はソファに座っていた。

お茶を待っているのだ。

家に来て訪問看護師がする仕事は血圧測定とちょっと体を見るだけ。五分もあれば終了してしまう作業だ。あとはお茶を飲んで時間まで過ごす。

ほかの訪問看護師はどうだか知らないが、春陽は二年前からこのスタイルを変えない。最初にお茶など出してもてなしたのが間違いだったが、今となってはどうにもできない。

近所のスーパーで買ってきた一番安い葉を使って、お茶を注いだ湯飲みを春陽の前に差し出す。

「いただきます」

どうぞ、とも言わないうちから春陽は頬を緩めてお茶を飲んだ。

「おいしい。米倉さんの家のお茶はいつもおいしい」

「そりゃそうよ。デパートで一番いいお茶の葉を買ってきているんだから」

嘘も方便だ。本当は一番安いお茶だって春陽には出したくない。

「それで、秋之はどうです？」

トレイを持ったまま春陽のとなりに腰かける。

「先ほど言った通り、お変わりなく元気ですよ」

「それならそろそろ歩けるようになるかしら」

「え、いえ、お母さん」

困惑の色合いを春陽はその顔に浮かべた。

「ねえ、いつ元気になるかしら。あなたはたくさんの患者さんを受け持っているんだからわかるでしょう。そろそろ元気になると思うのよ。昨日もね、笑ってたのよ」

「はあ、そうですか」

ごにょごにょと言葉を濁しながら、お茶をすする。

「笑うってすごいわよね。元気になってる証拠だと思うわ」

「はあ、そうですねえ」

どこか誤魔化している印象を受けた。今回が初めてではない。こうした質問を、春陽はいつもはぐらかす。

「あの、わたし、そろそろ次があるので」

ことんと湯飲みをテーブルに置き、春陽は静かに立ち上がった。

訪問時間は三十分と決まっている。まだ十分近く残っていた。

「あら、そう言わず。もう一杯お茶を淹れるから」

「いえ、本当に。また来週来ますから。隼人くん、バイバイ」

まるで逃げるように春陽は帰っていった。

慌てて玄関まで見送りにいき、ばたんと閉じられたドアを見て、足の裏で床を蹴飛ばした。

使えない看護師だ。ほかにもっとまともな看護師はいないのか、と腹立たしい気持ちになっているとスカートのポケットの中に入れていたスマホが鳴った。

幸三からメールが届いている。

箱根のホテルと電車の予約をしました、と書かれている。そのあとには日付も記載してあった。来週の水曜日から一泊、電車の時間も知らせてきた。

もう後戻りはできない。

胸にスマホを押し当て、天井を見上げた。

どこまでも嘘をつき通す覚悟はもうとっくにできている。

胸の上でスマホがまた鳴った。見ると再度幸三からメールが届いている。今度は旅行の詳細だ。電車の発着時刻、泊まる宿、見て歩きたい観光場所が事細かに綴られている。

観光などどうでもいいので、すべてお任せします、とだけメールを打ったが、問題は秋之だ。当然一人にはできない。隼人はまた加寿子に頼むとしても、秋之はどうすればいいか。

スマホを持ったまま秋之の部屋に行き、ベッドサイドにいすを引き寄せて腰を降ろす。

今までは数時間だったからヘルパーに頼んでいたが、一泊となれば難しい。帰ったばかりの春陽の姿が頭の中に浮かぶ。

駄目もとで春陽の携帯番号を押した。次の訪問先に行くと言っていたが、春陽はすぐに電話に出た。

「あら、米倉さん、どうかしましたか？」

能天気な春陽の声が聞こえてきた。車の音が聞こえてくる。春陽はまだ目的の家に着かず、途中で電話を取ったのだ。

「いえ、お願いがあるのよ」

「はい、なんでしょうか」

道からそれたのか車の音が小さくなる。

「申しわけないんだけど、三月一日から二日間、秋之を看てもらえないかしら」

無理難題を言っているのは承知していた。けれどほかに頼るべき人が思い浮かばない。

「はあっ!?　一泊ですかあ？」

驚きよりも呆れている口調に聞こえた。

「ええ、そうなんです」

怒ってはいけない。怒らせてはなんの意味もない。

自分の気持ちを落ち着けるために、大きく息を吸い込み、スマホを両手で持った。

「それ、どういう意味ですか？」

想像もしていなかった返事が戻ってきて、面食らった。

「どういう意味って、二日間お願いしたいと思ったんです」

「米倉さん」

春陽の声にはいつもの明るさがなくなっていた。

「訪問看護はあくまでも介護保険内で行うものなんですよ」

知ってるわよ、そんなの。

怒りを含んだ春陽の口調に、腹が立った。

最初から無理を承知で聞いているのだ。

「訪問看護というのは……」

そこから春陽のうんちくが始まった。

お国が定めたルール、春陽たち訪問看護師の役割。

聞いていると頭が痛くなってきた。

「あのですね、ルールは重々承知しているんです。ですからわたしはあなたを個人的に雇いたいんです」

最初から考えていたわけではないが、駄目なら個人的にやってもらうしかない。

「申しわけありませんが、この件を引き受けたらわたしが受け持っているすべての患者さんに対し、同じことをしなければなりません。それは看護師としてお受けするわけにはいかないんです。看護師としてのわたしの良心が痛みます」

はっきりと春陽は言い切った。

なにが看護師としての良心だ。そんなものがあるなら、お茶など飲まずに、時間ぎりぎりまで看るのが筋じゃないか。

そう言い返してやりたいが、春陽は大切な訪問看護師だ。もし春陽の機嫌を損ねたら、次からは誰も来なくなってしまうかもしれない。それは避けなければならない。

「わかりました。無理を言ってすみません」

返事を待たず、わたしはボタンをタップして電話を切った。

「秋之、どうしよう」

覗き込んだ秋之が泣き出しそうに見えた。

顔を眺めながら、思案する。ほかに頼ろうとすれば、いつも使っている紹介会社しかない。

仕事もろくにしない正則のようなヘルパーに一晩、秋之の介護をお願いする気にはなれない。かといってほかに頼る人もいない。まさか隼人と一緒に秋之を加寿子に頼むわけにはいかない。

迷った末に、わたしはいつもの紹介会社に電話をかけていた。

「一晩、二日間お願いしたいんです」

やるせない気持ちで、言葉を絞り出していた。

事務的に説明をする紹介会社のスタッフの話を、片手はスマホ、もう一つの手はいすの上に置きながら聞いていた。

料金は一泊二日で三万円だという。金はなんとでもなる。問題は派遣されてくるスタッフだ。

「胃ろうをつなげられる人をお願いしたいんです」

「ええ、大丈夫です。我が社のスタッフはみんなきちんと教育されていますから、自宅介護に必要な手技はすべて行えます」

頭の中に正則が浮かぶ。

あのいい加減なスタッフもそうなのだろうか。ほんの半年前までレストランのコックをしていた人間だ。わずかな期間で技術が習得できるとも思えない。

安心してお任せください、と言われるたびに不安がよぎったが、ほかにあてはなく、当日は朝の八時から来てほしいと言って、電話を切った。

次は加寿子だ、とスマホを持ちながら思ったが、電話で頼むのも失礼な気がした。ショートメールで今日の予定を尋ねれば、暇だよ、とだけ返ってきて午後二時に行くからと返信をした。

もたもたしていると昼になってしまうと、慌ててキッチンに行き、昼ご飯の支度をする。

隼人はリビングの前にいて、じっとテレビを眺めていた。

手早く支度をし、昼ご飯を隼人と二人で食べ、後片付けを終えると、加寿子の店に向かった。

商店街は人が結構往来していた。

見慣れた酒屋や八百屋《やおや》の前を通り、神山不動産に行くと事務員の女の子が客の応対をしていた。

わたしが入ると、ぺこりと頭を下げ、人差し指で奥を示す。

加寿子が待っているという意味だろうと、そのまま隼人の手を引いて、奥に進んだ。

テレビがついた部屋で、加寿子はお茶を飲んでいたが、姿を見せると腰を浮かした。

「あらあら、隼人ちゃんいらっしゃい」

両手を広げて、隼人を迎える。嫌がる様子も見せず、隼人も素直に加寿子の胸に飛び込んでいった。

きゃっきゃっと笑い声をたて、加寿子に頬をつつかれた隼人は喜んでいる。

靴を脱いで奥にあがり、膝で加寿子ににじり寄る。

「お茶を淹れるわよ」

隼人を抱きしめたまま、加寿子は立ち上がろうとした。

「いいのよ」

慌てて制する。

「すぐよ。おいしいおまんじゅうをいただいたのよ。お客さんにね」

隼人をあやしながら、片手でお茶を淹れ、まだ包装紙にくるまれていたまんじゅうをテーブルの上に置くと、隼人を抱いたまま器用にはがした。

箱の中から現れたのは、どこにでもある茶色の温泉まんじゅうだった。

「草津のお土産《みやげ》ですって。どうぞ」

箱を前に押し出されたが、用件が済むまでは手を伸ばす気にはなれない。お茶も同様だ。

「ありがとう」

加寿子の腕に抱かれている隼人がまんじゅうに手を伸ばしている。

「はいはい、隼人ちゃん。ひとついただきましょうねえ」

この場面だけを見ていると本当の祖母と孫のようだ。そのくらい隼人は加寿子に懐《なつ》いている。

「ねえ、加寿子ちゃん、お願いがあるのよ」

まんじゅうを摑んだ隼人を見ながら、切り出した。

「なあに？」

「隼人を一晩預かってほしいのよ」

祈るような気持ちでわたしは言った。

「いいわよ」

さらりと答えが返ってきて、こちらのほうが拍子抜けしたほどだ。

腰が砕けて、ぺたんと尻をつき、まんじゅうにかぶりつく隼人を眺めていた。

「えっと、本当にいいの？　理由も聞いてないじゃない」

ありがたいが、あんまりスムーズだったので、こちらの方が驚いてしまった。

「駄目なら断ってるわよう」

のどの奥をころころ転がすように、加寿子は笑った。

「夜、泣くかもよ」

「子供は泣くのが仕事よ」

「好き嫌いも多いの」

「知ってるわよ。なんべんうちで預かってると思うのよ」

軽くあしらう加寿子の腕の中で、ほっぺたを膨らませた隼人がまんじゅうを食べ続けている。

「そう、ならよかった」

ほっと胸を撫でおろす。正直、加寿子に断られたらどうしようかと思っていた。

「孫みたいな子と一晩一緒にいられるなんて幸せよ」

もごもごと動く隼人の頬に自分の頬を寄せて、加寿子はすりすりしている。

「ありがとう。実は知り合いから温泉に誘われて。隼人も連れていきたいのだけど」

「いいのよ、置いていきなさいよ。たまには骨休み。それって大切よ。だから仕事だって休みがあるのよ。うちだって定休日がちゃんとあるんだから。たまにはしっかり休んだ方がいいわよ。ねー、隼人ちゃん」

ぐいぐいと頬を押し付けても、隼人はいやな顔一つしない。人見知りしない性格のおかげでもあるが、何度も加寿子に預けて慣れているのも理由のひとつだ。

「介護と育児。若い人だっていやんなっちゃうわ。それを留子ちゃんはしてるんだから。いいのよ、気兼ねしないで。ちゃんと預かるから」

「ありがとう。来週の水曜日、八時半ごろに連れてくるわ」

壁にかけられている富士山のカレンダーに、加寿子は目をやった。

「わかったわ。任せて」

これでまた一つ難問はクリアした。

そのあと一時間ばかり加寿子のところでおしゃべりをした。人間いくつになっても女同士のおしゃべりは好きなのだ。

たいした話はしていない。秋之の様子とか、隼人の成長具合とか、日々の食事なんかが主な内容だった。

「じゃあ、わたしそろそろ帰らなきゃ。いつまでも秋之を一人にしておけないから」

ずっと加寿子に抱かれていた隼人を受け取って、店を後にした。

大五郎は外回りにでも行ったのか、やはり店先には事務員が一人いるだけだった。

忙しそうに客の相手をするスタッフに頭を下げて、店を後にする。

隼人の手を引いて急いで家に帰れば、秋之がいつもと同じ様子で寝ていた。

ほっと息をつく。

秋之を一人にするのはだいたい一日一時間と決めている。一時間あれば、買い物くらいの用事は済む。

帰ってすぐに秋之のオムツをチェックする。今回もまたたっぷりと尿を吸い込んだパッドが重かった。

「お母さん、がんばるね」

なんの返事もしない秋之に向かって囁く。

すぐそばで汚れたパッドを入れるビニール袋を隼人が広げていた。

8　幸三

旅行まであと一週間となった午前中の羽根田《はねだ》泌尿器科クリニックは混んでいた。

一時間ほど待たされて診察室に入ると、神経質そうな四十代半ばほどの医師が、パソコンの前に座って待っていた。

「今日は、どうされました？」

こちらのほうを見もせず、医師はパソコンの画面を睨みながら尋《たず》ねた。

「はあ、その」

たらりとこめかみから汗が滴《したた》った気がして、思わず指先を当てていた。

「どうかしましたか？」

抑揚のない声だった。愛想の欠片もない。これでよく患者がつくものだと不思議に思ったほどだ。

「おしっこのきれでも悪いですか？」

高齢者になれば誰でも前立腺肥大を持っていておかしくはない。わたしもそうだ。だからそう聞いてきたのだろうが、わたしは大げさに顔を左右に振った。

「じゃ、どうしたんです」

医師はやっとこちらを向いた。

「あのう、元気になる薬がほしいんです」

すぐ脇に立っていた若い看護師がくすりと笑った気がして、顔が熱くなる。

「ああ、バイアグラね」

平然として医師は言った。

「はい、そうです」

またもや医師はパソコンに体を向け、キーボードを叩き始めた。

「持病はなにかありますか？」

「血圧が少し高いと言われてますが、あとコレステロール値も高いと。その二つの薬を飲んでます」

高齢になればなるほど、誰しも何らかの薬を飲んでいる。

「まあ、とりあえず飲んでみて。試しに十錠出しておくから。三十分くらいで効果が出てきますよ」

長かった待ち時間とは対照的に、診察はあっという間に終わった。

「よろしくお願いします」

恭《うやうや》しく頭を下げて診察室を後にし、会計を済ませて、処方箋をもらう。そこには確かにバイアグラと書かれていた。

家に帰るとエアコンがかかっておらず、ひんやりとしていた。香奈枝は出かけている。

買い物にでも行ったのかもしれないが、そういえば朝起きたときも香奈枝を見かけず、朝ご飯がテーブルの上に支度してあっただけだった。もっとも五十にもなろうとしている娘の動向をいちいち詮索するつもりもない。

エアコンのスイッチを入れ、キッチンに立つ。

フローリングの床からは冷たさが這《は》い上がってくる。スリッパは履いているが何の役にも立っていない。

冷たい床に立ち、洗って水切り籠《かご》に置いてあるグラスを取り、水道から水を注ぐ。ミネラルウォーターは金の無駄だと香奈枝は買ってくれないが、水の味などわからないし、ずっと昔から水道水を飲んできたのでなんの抵抗もない。

グラス一杯に水を注ぎ、早速もらってきた薬を一錠飲む。

すぐに自分の部屋に行き、冷たいこたつに足を突っ込み、外から見えないようにペニスを引っ張り出す。

何度かこすってみたが、前回と同じ結果でふにゃりとしたままだった。

飲んだばかりだから薬効が出ないのだ。

時間が経てば使い物になるはずだ。それまで待つしかないと、こたつのスイッチを入れる。

だんだんと部屋の中と足元が温かくなると、眠くなってきた。年を取るにしたがって早起きにはなるが、昼寝の時間も増えてきた。

こたつでうとうとしていると、

「川野幸三さん」

といきなり自分の名前を呼ばれて、今にもこたつにくっつきそうになっていた頭をあげた。

香奈枝が両手に腰を当てて見下ろしている。

「なにか郵便物が届いてるわよ。四つ葉ツーリストってなに？」

そう言って目の前に放られた封筒には、先日申し込んだ旅行会社の名前が記載されていた。

恐らくチケットを送ってきたのだ。

「旅行に行くんだよ。友達と」

まさか女性と二人で行くのだとは言えず、嘘をついた。

「どこにそんなお金があったのよ。いくらするんだか知らないけど。数万円はかかるでしょ」

香奈枝の目の下がひくひくとけいれんしている。

「金はなんとかなるんだよ。旅行支援だってあるし」

というよりもなんとかしたのだった。自分の小遣いでは足りず、こっそり隠していたタンス貯金を出したのだ。虎の子の大事な金だが、こういうときに使うからこそ意味がある。

「あのね、誰と行くとかそういうのは問題じゃないの。どこからそんな金が出てきたのかが知りたいの」

手入れもろくにしていない伸び放題の前髪を香奈枝はかき上げた。

「どこだっていいだろう。お父さんにもいろいろ付き合いはあるんだ」

ぷん、と顔を背《そむ》ける。

「たくさんお小遣いをあげてないけど」

「なんとかなったんだよ。近場だから」

「そんな金があるなら生活費にちょうだいよ。かつかつなんだから」

例によって家計の苦しさを香奈枝はこれ見よがしに訴える。

光熱費を払うのも大変だとか、そのせいで食費も切り詰めているだとか、物価が上昇しているとか、聞いていたらきりがないくらいマシンガンのように話し続ける。

うんざりした。

香奈枝の小言は聞き飽きた。だいたいどうして娘に説教されなければならないのか。

「だからね、お父さんは」

「うるさいっ！」

思わず香奈枝に向かって乱暴な口を利いていた。

香奈枝が発していた言葉は止まり、不思議そうな顔をしてわたしを見ている。

「お父さんの金をどう使おうと勝手だ。ぐちぐち言うんじゃないっ。わたしが働いてきたからこそ年金ももらえているんだ。自分が仕事もせず、のんきに生活しているのは誰のおかげなんだ。いい加減にしろっ」

たたきつけるように言うと、香奈枝は目をぱちくりさせて茫然と立ち尽くしていた。

膝に手を置いてゆっくり立ち上がった。

香奈枝と視線が同じ高さになる。

「口を開けば金がない、家計が大変だ。おまえはそればかりだ。年金生活は確かに大変だろう。だがその年金をつくったのはお父さんだ。おまえなんか家事しかやってないじゃないか。外で働いていないやつにお父さんの気持ちがわかるかっ！」

一息に言い放った。

雨の日も雪の日もタクシーを走らせ続けた。雪でスリップして危うく事故を起こしそうになったこともある。品の悪い客がいて、タクシー運転手という職業をばかにされた経験も数えきれない。酔っ払いに絡まれたりもした。後部席を嘔吐物《おうと》だらけどころか、わざと排尿したやつさえいる。

それでも耐えた。仕事とはそんなものだと思っていたからだ。なにより妻と娘のためにがんばってきた。

それがこの結果かと思うと、情けなさを通り越して惨《みじ》めにすらなってくる。

両脇に添えたこぶしがぶるぶると震えた。

「働かないお前にはわからない。年金も貯金も全部お父さんの金だ。それをどう使おうとお父さんの勝手だ」

激昂するわたしの前で、香奈枝は口をOの字に開けている。

「今まで金の管理は香奈枝に任せてきた。だがこれからはもうおまえには任せない。通帳を全部寄越せっ！」

勢いに任せて言った。とたん、香奈枝は表情を引き締めた。

「駄目よ。それは駄目」

「なにが駄目なんだ。これからはお父さんが管理して月々の生活費をお父さんが渡す」

「冗談じゃないわよ。お父さんにお金の管理なんかできないわよ」

「できる。それにできるできないの問題じゃない」

そうだ。わたしの金だ。わたしが自由にできる金だ。ここでの生活がどうなろうともう知ったことではない。

何十年と妻と香奈枝が金を管理してきた。わたしは甘んじて耐えてきた。そのわたしがまさかこんなふうに言い出すとは思ってもいなかったのだろう。

そこから金を寄越せ、通帳を見せろと、押し問答になった。あまりにも香奈枝が通帳を寄越さないので、なにかおかしいと思った。

「渡せない理由でもあるのか。おまえが好きに使ったのか」

「違うって！」

「じゃあ、せめて今いくらあるのか貯金の残高を言ってみろ！」

ぴっと人差し指で香奈枝を示す。

口元に手を当て、うつむきがちに香奈枝は口を開いた。

「に……」

「に？」

「二千万円くらい」

「二千万円！」

四十年以上も働いてそれしか貯められなかったのか。情けない気持ちにはなったが、まだ二千万円はある。この公団から脱出するには心もとない金額ではあるが、香奈枝が日頃ケチくさいことばかり言うからもっと少ないと思っていたので安心したのも本当だ。

「そうよ、二千万円くらいならある。これでいいでしょ」

開き直ったのか、香奈枝は面倒くさそうに言った。

「通帳を見せろ。きちんと目にしないと信用できない」

「信用してよ。わたしだって自分の生活がかかってんだから」

これまで見た記憶がないほど、香奈枝の目は真剣だった。

仕事をしていない香奈枝の頼りはわたしの貯金と年金だけだ。考えてみれば気の毒にもなってきた。自業自得でもあるが、親としての責任を果たしきれなかった負い目もある。

それにここで無理矢理突っ込んで香奈枝の機嫌を悪くして、小遣いまで取り上げられてはかなわない。

「わかった。じゃ、それで納得しよう。けれどこれだけは言っておく。貯金と年金は確かに生活費でもあるが、お父さんの金でもある。お父さんが好きに使う権利はおまえよりもあるんだ」

胸を張った。

珍しく神妙に香奈枝は「はい」と返事をし、その場から立ち去った。

二千万円。

多くもなく少なくもない金額だが、ゼロ円と言われるよりもずっとマシだ。そう思うと同時に、自分のペニスに力がみなぎっているのを感じた。

若いころほどではないが、そそり立っている。そっと股間に手を伸ばした。

硬い。

三十分くらいで効果は出ると聞いていたが、その通りだったと感動した。

久方ぶりの力強い硬さに自信を得る。

二千万円あれば留子との新生活を始めるくらいはなんとかなるだろう。郊外なら家も買えるかもしれない。その後の生活費は、年金で賄《まかな》えばいい。

夢と希望が現実に変わっていく気がした。

問題はどうやって香奈枝から通帳を取り上げるかだが、それはおいおい考えていけばいい。

硬くなったペニスに手を添える。

今度の旅行で留子にプロポーズをしよう。きっと留子は嫌がらないはずだ。なにしろ二人きりで旅行にまで行くのだから。

9　留子

玄関のたたきに立っている人を見て、がっくりと肩を落とした。

ドアを開けて目に飛び込んできたのは、いつもの正則の顔。そしてよれたパーカ、穴の開いたジーンズだった。

仮にも仕事に来るのにジーンズとはなにごとか！　と叱りつけたいが、正則にいなくなられては困る事情ができてしまった。

愚痴も文句も黙って呑み込むしかない。

「あなた、胃ろうはつなげられるの？」

紹介会社からは、泊まり経験があり、胃ろうもつなげられるスタッフを送ると言われていたが、それがまさか正則だとは思わなかった。

身代わりはともかくとして、ヘルパーとしての正則の仕事っぷりはとても褒められたものではない。

「もちろん、大丈夫です」

「そう。なら、お願いね」

すべての感情を押し殺す。

「明日の夕方には帰るから。これ、合鍵ね。間違っても長い時間秋之を一人にしないでよ」

「任せてください」

どんっと胸を叩いているが、まるで信用できない。かといってほかにあてはない。

「じゃ、よろしくね」

足元に置いてあったバッグを右肩にかけ、履き慣れた踵《かかと》の低いパンプスにつま先をいれた。隼人にも靴を履かせ、外に出る。

頭上には雲ひとつない澄み渡った空が広がっていた。

天気予報では夕方から崩れると告げていたが、この様子なら晴天が続くかもしれない。

隼人の手を引いて、神山不動産に行けば、店のシャッターをちょうど大五郎が開けている最中だった。半分ほど持ち上げたところで、大五郎がこちらに気がついた。

「旅行に行くんだって？」

「ええ、まあ」

気乗りがしない旅行に楽しみはない。ただ胸のうちに野心が燃えているだけだ。

「ゆっくりしてくるといいよ。あんたはいつも疲れてんだから」

「ありがとう」

礼を言ってからシャッターをくぐり、店の奥まで行くと加寿子が待っていた。例によって隼人を思いきり抱き締める。

「安心していってらっしゃい」

「ええ、お願い。なにかあったらすぐに電話して」

隼人を抱きしめた加寿子は首をすくめた。

「生きるか死ぬかじゃなきゃ、連絡しないわよ。したところで帰ってこられないでしょう。今日はね、わたしとても楽しみにしてたんだから。あなたも心ゆくまで楽しんできて」

「お願いします」

もう一度丁寧に礼を言い、店の外に出て、雲ひとつない空を見上げる。

これからが勝負だった。


時間ぴったりに待ち合わせの新宿駅小田急観光案内所の前に着いた。幸三は先にいて、笑顔で待っていた。

「今日はどうぞよろしくお願いします」

「こちらこそ。じゃ、ロマンスカーのチケットを渡しますから」

黒い財布の中からチケットを取り出し、わたしに差し出した。

「ありがとうございます」

出発は九時半と記載されている。

ロマンスカーはずいぶんと昔に乗ったきりだ。まだ秋之が中学生くらいのころだったと思う。年を重ねるにつれ、どこの子供もそうであるように、親と一緒に出歩くのを秋之がいやがり、自然と家族旅行はしなくなった。たぶん、あの箱根旅行が最後だ。そして今日は、幸三と二人で箱根に行く。胸がちくりと痛む。

わたしの気持ちに気づきもせず、幸三が改札に向かって歩き出したのでわたしも足を動かした。

改札を抜け、ロマンスカーのホームに着いた。すでにロマンスカーはホームにいて、出発の準備をしている。乗客はまばらでさほど混んではいない。

「なにか飲み物でも買いましょう」

ホームにあった売店に入っていった幸三の後ろから続く。

「なにがいいですか？」

ソフトドリンクのペットボトルが並ぶ棚の前に幸三は立った。

「じゃあ、お茶を」

「ではわたしも」

同じ銘柄のお茶のペットボトルを二つ手に取り、幸三はレジに持っていった。慌てて財布を出したが、このくらいは、と幸三に言われて遠慮なくいただく。

立ったままで、幸三はひっきりなしに話し続けた。

興味のない内容なので、機嫌を損ねないように相槌《あいづち》を打っている間に、扉が開いて乗り込んだ。指定のシートに腰かけてからお茶を一口含む。

走り出してから旅行の代金を支払いたいと申し出た。いくらなんでも全部出してもらうわけにはいかない。

「あ、そうでした」

さすがに幸三もわたしの分まで支払うつもりはなかったらしく、金額を請求された。たいして高くない金額だった。一円単位まできっかり払い、またお茶を飲んだ。

窓から見える空は、箱根に近づくにつれ、雲が多くなってきた。灰色に覆われた空を見ながら、まるでわたしの心のようだとも思ったが、もう引き返せない。失敗も許されない。

ぐっと力を入れてペットボトルを握りしめた。

箱根の空は曇っていた。それでも駅には観光客が溢れ、みんな楽しそうに笑っている。幸三もそのうちの一人だった。

先に昼食を摂《と》ろうという幸三の案に乗り、いったん箱根の町に出た。

商店街も人がたくさん歩いている。

「古くからやっている喫茶店なんですよ。食事もそれなりにおいしいので」

照れた笑いを浮かべた幸三が目指したのは、商店街沿いにある昔ながらの喫茶店だった。

最初から知っていたわけではなく、わざわざ調べたようだ。その証拠に観光雑誌をロマンスカーの中でも開いていた。

ジャズが流れ、ソファは革張りだった。テーブルにはコインを入れて回す星占いの機械が置かれていた。

なるほど昔懐かしい喫茶店だ。

昔、亡くなった夫とよく訪れた店に似ていて、胸が熱くなる。そこで幸三はオムライス、わたしはナポリタンを注文した。

ナポリタンも懐かしい味がした。今はやりのおしゃれなパスタよりも昔ながらのナポリタンのほうが馴染みがある。食後に出てきたコーヒーも香りがよかった。

そこで食事を済ませ、今度は強羅《ごうら》駅行きの電車に乗り、駅から徒歩五分とかからない旅館に連れていかれた。

旅館の建物は大きく、広い庭は日本庭園風に手入れされている。寒い季節なので花は当然咲いていないが、あじさいがあちこちに植えられていた。

幸三の後ろから玄関ホールに行き、そのままフロントに足を伸ばす。

床は品のいいベージュ色のカーペットで敷き詰められ、フロントではよく教育されていると思われる男性スタッフが恭しく頭を下げた。

「チェックインは二時からでございます」

まだ一時前だった。

「ああ、いいんだ。荷物さえ預かってくれれば」

持っていたバッグを幸三はフロントのテーブルの上に置いた。わたしもそれに倣う。

幸三は観光雑誌を頼りに、ケーブルカーからゴンドラに乗り換え、大涌谷《おおわくだに》まで案内してくれた。その後も湖まで行き、遊覧船に乗ったりとわたしを楽しませようと必死だった。

観光雑誌を手にあちこち移動する幸三の姿は、かわいらしくもあった。

下心はあるが、これならなんとか幸三とやっていけるかもしれない。

そんなふうに思い始めていた。

夕刻になったせいだろうが、空気が湿り気を帯びだした。雨に降り出される前に旅館に戻ると、荷物はすでに部屋に届けてあるという気配りの良さだった。

「たくさん歩きましたね」

部屋に向かうエレベーターの中でわたしは微笑みをたたえて言った。

「疲れませんでしたか。いろいろ引っ張りまわしてすみませんでした」

「いえいえ、こんなに歩いたのは久しぶり。今夜はぐっすり眠れそうです」

「まだまだ温泉と夕飯もありますからね」

「そうですね」

夕飯は懐石料理だと聞いている。隼人のいない夕食は秋之が病気になってから初めてだった。いつも隼人を気にしながら食事をしていたが、今夜はのんびりと自分のペースで食べられると思うと少しうれしかった。

預けてきた加寿子には申しわけなく思うが、こんなときもないとパンクしてしまう。

エレベーターを降り、指定された部屋のカギを開け、幸三に中に入るように勧められた。

「それじゃ、遠慮なく」

そう言って中に入って愕然とする。

そこにはダブルベッドがどん、と部屋で幅を利かせていた。

さーっと体から血の気が引いていくのを感じて、その場に立ち尽くしていた。

雨が降り出したのか、ぽつぽつと雨音が耳に聞こえてきた。カーテンを閉じていない広縁の窓の向こう側できらきらと雨粒が光っている。

「どうしました。疲れたでしょう。早く入ってください」

そう言って幸三が、ダブルベッドの前にある座いすに腰を降ろして手招きをしている。

「あ、はい」

答えた声が震えていた。

ちらちらとダブルベッドを横目で見ながら足を進ませ、幸三から少し離れた場所に座った。

「いい部屋ですなあ」

周囲を幸三は見回している。

確かにいい部屋だ。

十畳はあるし、床の間には白い壺が飾られ、太陽が出ている時間なら日本庭園がしっかりと窓から見える。

問題はダブルベッドだ。

「あ、あの、お茶を淹れますね」

テーブルの上にあったお茶の道具に手を伸ばす。

お茶の葉を急須に入れる手が震えている。

「あの、この部屋の指定は、川野さんがなさったの？　それとも旅館のほうが？」

恐る恐る尋ねた。

「もちろんわたしですよ」

胡坐《あぐら》を組んだ膝の上に手を置いて、幸三はぴんと背筋を伸ばした。

手元が狂ってぱらっと葉がテーブルに落ちた。

まさか、そんな。

不安が心を覆いつくす。だってわたしはもうおばあちゃんだ。男性とそんな関係を持つなどもう何十年とない。

「いけない、お茶の葉が」

平静を装い、葉を集めようとしたその手をぎゅっと握られた。

「留子さん」

いつの間にかそばにいた幸三に顔を覗かれた。

幸三の息が顔に当たる。生臭いにおいがする。入れ歯のせいだろうか。

「留子さん、あなたが好きです。あなたほどすてきな人には会ったことがない。愛してます」

歯の浮くようなセリフを言いながら、幸三は力任せにわたしを抱きしめる。

「今夜わたしと……」

あっという間もなく、その場に幸三に押し倒された。着ていたセーターがしわだらけの手でめくりあげられ、肌着を持ち上げようとしている。

「きゃあああああああ」

自分でも驚くほどの悲鳴が迸《ほとばし》った。

一瞬、幸三の体が浮く。そのすきをぬって下から這い出し、部屋の隅に届けられていたバッグを摑んで、急いでその場から駆け出した。パンプスに足を突っ込み、階段を駆け降り、フロントの前を通った。

外は大粒の雨が地面を叩いている。雨に打たれながら必死に足を動かした。足元が跳ねあがった泥で汚れるのも気にせず走り続けた。

こんなに懸命に走ったのは何年ぶりかもう思い出せない。幸三が追いかけてきやしないかと不安にかられながら振り返りもせず駅まで行くと、折よく来ていた電車に飛び乗った。

電車はすぐに扉が閉まり、走り出した。そこでやっと後ろを確認する余裕ができた。

幸三の姿はどこにもなかった。

ほっと息をつくと同時に、涙がぽろりと零《こぼ》れた。

なにもかも終わった。

シートに腰かけもせず、雨で湿った髪や服も拭わず、その場にしゃがみ込んで泣いた。

乗客がいないのがせめてもの救いだった。

バスを降りると雨が降っていた。霧雨などという生易しいものではなく、肌に当たると痛みすら感じる雨粒は、傘を持たないわたしの体を容赦なく打った。

もはやその雨から逃げようという気力もなくし、濡れ鼠《ねずみ》になりながら、商店街を歩き、神山不動産の前に辿り着いた。時刻は八時を過ぎていて、シャッターが閉まっている。

裏側に回り、勝手口のインターフォンを押す。

「はい？」

くぐもった加寿子の声が聞こえてきた。こんな雨の夜に来客などあるはずがないと訝《いぶか》しんでいるのだろう。

「わたし、留子」

「留子ちゃん!?」

ドアが開くとそこに目を大きく見開いた加寿子がいた。

「まあ、どうしたのよ。泊まってくるんじゃなかったの？　傘は？　そんなに濡れて」

そう言われて初めて髪からもコートからも雫《しずく》が滴っているのに気がついた。

「やっぱり隼人が心配で帰ってきたの」

「なに言ってるの。もう寝てるわ。それにそんなにびしょ濡れで。傘をどこかで買えばよかったじゃない。コンビニだってどこだって売ってるんだから。とにかくあがんなさいよ」

腕を取られて中に入ると、温かい空気に包まれて自分の体が冷え切っているのだと知った。

ここに辿り着くまで寒さも雨の激しさもなにも感じなかった。

いったん奥に行った加寿子はバスタオルを持ってくるとわたしの肩にかけた。

「もうしっかりしてよ。若くないのよ、お互い。風邪でも引いて肺炎になったらどうするのよ。コロナだってまだ流行《はや》ってるのに、マスクだってびしょ濡れで」

乱暴な手つきで加寿子は濡れそぼった髪やコートを拭く。

「ありがとう。でもいいの。隼人を連れて帰るわ」

「だから寝てるのよ。あんたも泊まっていきなさいよ。お風呂にも入りなさいよ」

「いいのよ、すぐそこなんだから」

「でもねえ」

「いいの、本当にいいの」

かけられたバスタオルを加寿子に押しやり、勝手に家の中にあがった。

「隼人は？」

「わたしの寝室で寝てるわよ。まさか一晩店の休憩室っていうわけにはいかないでしょ」

加寿子との付き合いは長い。家の中の様子も当然知っているので、階段を上り、加寿子の部屋に行くと、布団でぐっすり寝ている横で、大五郎が添い寝をしていた。

雫を垂らしながら入っていくと、大五郎は飛び起きた。

「おいおい。温泉でそんなに濡れたのかい」

軽口で冗談を飛ばしながらも、大五郎の眼差しには不安の色合いが浮かんでいる。

「どうもありがとう」

言葉少なく礼を言い、寝ている隼人を抱き上げると、火がついたように泣き出した。

「だから泊まっていきなって」

後から追いかけてきた加寿子が、気の毒そうに隼人を見ている。

「やっぱり駄目」

いきなり加寿子に隼人を奪い返された。

「こんな雨の中を。子供を病気にするために帰るようなものだわ。今夜はここで預かる。もともとそのつもりだったんだから。明日迎えに来てちょうだい」

かなりきつい口調で言われた挙句《あげく》、ぷいっと背中を向けられてしまった。

確かに加寿子の言うのも尤《もっと》もだ。寝たきりの秋之もいる。さらに隼人の看病となるとより大変になる。

「それじゃ、お願い」

大人しく加寿子の意見に従い、一人で加寿子の家を後にした。

外に出てから傘を借りればよかったと思ったが、どうせ濡れ鼠だ。今さらさしたところであまり意味はない。

雨に打たれながら歩いていると、自分のふがいなさが情けなくなって仕方なかった。

覚悟は決めた。なんでも受け入れて、詐欺師になろうとした。けれどなり切れなかった。

なにもかも、もうおしまいだ。

土砂振りの雨の中、家までの道のりをとぼとぼと歩いていた。

玄関のドアを開けると、髪から雨の雫がたたきに落ちた。

音を聞きつけたのか、介護を頼んでいた正則が玄関までやってきて、驚いて目を見張った。

「どうしたんですか」

その中には「どうして帰ってきたんですか」と「どうして濡れているんですか」と二つの意味があったと思う。

ぽたぽたと雫を垂らしながら玄関のたたきに立った。

「泊まりだったんでしょ。予定変更？　傘、持ってなかったの？」

「あなたもういいわよ」

「もういいって？」

「帰っていいっていう意味よ。わたしがいればあなたは必要ないんだから」

あからさまに正則は唇を尖らせた。

「冗談でしょ。こっちは仕事で来てるんだよ。会社との約束なんだよ。それなのに帰れって。それってそっちの都合でしょ」

「そうね、都合ね。だからお金はちゃんと払うし、あなたは予定通り明日までやってくれたと会社には報告しておくから。とにかく今日はもういいから」

「あ、そう。まあ、もらえるものさえもらえればいいけどね。じゃ、これで」

言い合うのが面倒になったのだろう。正則は荷物を持ってさっさと家から出ていった。

軽くシャワーを浴び、パジャマに着替えると、敷いた布団の上にしゃがみ込み、ほっと息をついた。

自分の失態が悔しくて仕方なかった。

幸三に覆いかぶさられて怖くなってしまった。

生娘でもあるまいし、なにが怖かったのか、今となっては自分でもわからない。けれどこれで完全に幸三との縁は切れてしまった。

またなにもかも最初からやり直しだ。

悔しさも募《つの》ってくる。

自分で自分を責め立てながら、やはりこのまま秋之と隼人と三人で暮らしていかなければならないのかと思うと、一寸先が暗闇に包まれてきてなにも見えない。

そっと立ち上がり、秋之の部屋に行く。

常夜灯がついた部屋は、ぼうっと薄暗い明かりに包まれている。

その部屋の中で、秋之は寝かされている。

「早く元気になってちょうだい」

秋之の手を握りながら、つぶやいた。

元気になって元通り歩いて仕事にさえ行ってくれれば、悩みの半分は解消される。

一体、いつになったら秋之は元気になるのだろう。

明日か、明後日《あさって》か。それとも一年先か。

後悔に苛《さいな》まれながら自分を責め、かわいい隼人を思い、秋之の回復を祈りながら泣いた。

「詐欺師になれなくてごめんなさい」

薄暗い部屋で、泣きながらつぶやいた。

10　幸三

つけたままのテレビが、情報番組からニュースに切り替わる。よくテレビの中で見かける若いアナウンサーが、ご丁寧にも時刻を知らせてくれた。

十時、チェックアウトの時間だ。

テーブルの上に散らばったお茶の葉を横目で見つつ、膝に手をついて立ち上がり、部屋の隅にあったバッグを持った。

使わなかったダブルベッドは昨日入ってきたときのままで、寝乱れておらずしわもない。ぴんと張っている。

昨夜は留子と二人で寝るつもりだったダブルベッドに一人で横になる気はせず、押し入れの中にしまってあった布団を勝手に引っ張りだして寝た。

惨めだ。

両方の肩を落として部屋を出ていくと、向かい側の部屋のドアが開いていて、シーツが積まれているのが見えた。スタッフが掃除をしている。

家族旅行か婚前旅行かは知らないが、きっとあの部屋に泊まった人たちは楽しい時間を過ごしたんだろうと思うと、惨めさにいっそう拍車がかかる。

足を引きずるようにしてエレベーターまで行き、一階に降りるとこれからチェックアウトをする客たちが何組かいた。

小さな子連れの家族もいれば、若いカップルもいて、みんな楽しそうにおしゃべりをしている。

本当ならわたしもそうなるはずだった。

楽しい夜を過ごし、留子と旅行の感想でも言い合えると信じていた。

集まっていた客が引けるのを待ってチェックアウトの手続きをする。料金はすでに旅行会社に払い込んであるから、ここでは金を請求されない。なにかアルコールでも注文すれば話は別だが、一人ではビールどころか食事処に移動する気にもなれず、夕飯をキャンセルして、後悔の念にかられながら過ごした一晩だった。

旅館を出ると、昨日の雨が嘘のように晴れ渡っていた。庭の木々は昨夜の雨で洗われて生き生きとしていた。

立派な日本庭園の小道を一人で通り、強羅駅を目指した。今日も観光するつもりでいたのだが、土産物屋に寄る気持ちもなくし、予定していたよりも早い時刻に発車する電車で駅を発った。

電車に乗ると、情けなさが全身に巣くった。

頭を抱える。

なぜあんなにも性急に行動を起こしてしまったのか。なぜ後を追いかけなかったのか。

様々な後悔が頭をよぎる。

抱きしめられた留子はよほどいやだったのだ。そうでなければあんなに大きな悲鳴をあげるはずがない。

あの悲鳴には驚いた。名前すら呼べず、茫然と留子を見送ってしまった。雨の中、留子は傘もささずに東京まで帰ったのかと思うと胸が痛い。

そうさせたのはすべて自分なのだ。

爪をたてて頭を掻きむしる。それでなくても残り少ない髪がはらりと落ちてきた。

焦って行動を起こしたところで、役にたつかどうかはわからなかった。薬は飲んでいたが、挿入する自信は五分五分だった。気持ちがあればなんとかなると思っていたが、留子が逃げ出したショックは尾を引いた。

元気にはならなかった。だからもしあのまま押し倒したとしても、何もできずに終わったかもしれない。

どうせなにもないなら行動をしなかった方がよかった。

これで留子との縁は完全に切れてしまった。

「うー、うーうー」

頭を掻きむしりながら、電車の中で唸り続けた。

その日からわたしの記憶はあいまいだ。香奈枝が用意してくれた食事を摂り、夜と言わず、昼と言わず布団にくるまって過ごした。

なんの気力も湧かなかった。当然婚活パーティーに行こうなどという気持ちもなくなってしまった。

布団に入り込んでぐずぐずと時間を過ごすわたしを、やはり香奈枝もおかしいと思ったらしい。

「散歩でも行ってくれば」とか、「もう婚活パーティーはやめたの」などと何度か様子を見にきてくれた。

何と答えたのかも記憶にない。ただ日がな一日布団の中にいただけだった。

留子のやさしい顔と引きつって悲鳴をあげる顔が交互に浮かぶ。

「留子さん……」

布団の中で名前を呼べば、切なさに身が引きちぎられる思いがする。もう二度とあんなチャンスはやってこない。

焦りすぎた自分を責めれば、後悔がどっと押し寄せてきて、胸が潰れそうになるだけだった。

外は四月になって日ごとに春めいていくが、その暖かさを感じることもなくただ時間だけが過ぎていく。

あの旅行からひと月ほどたった日の午後、香奈枝がわたしの部屋にやってきた。

布団の上からわたしの肩を揺する。

「お父さん、今日、団地の会議なんだけど。二時から」

そう言われて、わたしは布団から顔を出した。

「ああ？　なんだって？」

頭がぼうっとしている。うまく香奈枝の言葉が聞き取れなかった。

「会議よ、会議。行ける？　行けなきゃ欠席って伝えるけど、会長を引き受けたんでしょ。行かなきゃ駄目でしょ」

「ああ、そうだなあ」

自分の顔を覗き込んでいる香奈枝の顔をぼうっと見つめる。

そう言えば結局断れなかったんだと思い出した。

会議なんか行ったところでどうせまたもめた挙句、答えは出ずに終了するのはわかっていた。けれど行かなければ、自分の意思とは無関係に話が進められて、またなにか変な役割を押し付けられてしまう可能性もある。

なにもかもどうでもいいとは思いながら、これ以上勝手に面倒ごとを押し付けられるのもたまらなかった。

布団を押しのけて、上体を起こした。ふわりと体が左右に揺れる。

全身から力が抜けてしまったようだ。

「行くよ、行く」

布団からのろのろと起き上がる。

「じゃ、お昼食べてよ。仕度してあるから」

頭は、霞《かすみ》がかかったみたいにぼやけていた。

その日の昼は、焼き魚だった。鮭の切り身が一つ。あいかわらずみそ汁もない。

箱根の旅館での夕食は豪華だっただろう。見もしなかったが。

切り身に箸《はし》を入れ、一口サイズにしてから口の中に入れる。ぼそぼそとして味が感じられなかった。

このところなにを食べてもそうで、砂を嚙んでいる気がする。

一口食べて箸を置いた。

「お父さん、どっか具合でも悪いの？」

向かい側に座っていた香奈枝が身を乗り出した。

「病気なら病院に行ったほうがいいわよ。お父さんに死なれたら困るわ」

やさしい言葉だが、どこか香奈枝の口調は淡々としていて、本気で心配しているとは思えなかった。どうせ収入源がなくなるのを心配しているのだろう。

いっそ早く死んだほうが、香奈枝は自活しなければならなくなるからいいのかもしれない。

「ねえ、病院に行ったら？」

ぱくぱくと香奈枝は白いご飯を口に運んで食べている。

わたしには首を振る気力もなかった。

病院に行ったところで恋の病《やまい》が治るはずもない。

「ねえ、行ったほうがいいよ。本当、具合が悪そうだよ。会議には出てほしいけど」

一度も会議に出席していない香奈枝は、どれだけくだらないか知らないから、出席しろなどと言えるのだ。本当に心配なら会議よりも先に病院に行けと言うはずだ。

箸を置き、すぐに自分の部屋まで戻った。

早くお迎えが来ないだろうか。

こんな気持ちでいるのならいっそ一日でも早くあの世に旅立ってしまいたい。香奈枝がその先どうなろうとも死んだ自分にはもうなにもわからない。

「留子さん……」

ぽろりと口から零れると、ぎゅっと胸が苦しくなった。

どんなに思ってももう二度と会えない人なのだ。

知らず涙が零れた。

この歳でなにもかも一からやり直す気にはなれなかった。

クリニックからもらってきた薬はあと八錠残っている。

もう使いもしない薬だから、あとで捨ててしまおう。薬が入っている袋を見ているだけで、切なくなってくる。

ていた。

「留子さん……」

二度と会えないのに、会いたくて仕方なかった。

まるで初めて恋をした中学生のようだったが、そんな自分を笑う気力すらなくなっていた。

会議が、会議が、と香奈枝に言われて家を出たのは、それから三十分ほど経ってからだった。

のろのろと着替えをし、顔だけを洗って玄関のドアを開けると、和美とばったり出くわした。

「やだっ！」

あいさつでもなく、和美が発したのはそんな言葉だった。

顔を近づけて、まじまじとわたしを見つめている。

「どうしたんですか。なんだかすごく痩せて。頬の肉なんか落ちちゃって。病気でもしたんですか」

本気で心配している和美を前にしても、取り繕う気持ちの余裕もなかった。笑ってごまかしもせず、そのままふらふらと階段を降りていく。

「ちょっと具合が悪いなら休んでもよかったのよ。どうせまた草刈りなんだから。あ、でも会長の申し送りもあるんだわ」

外には暖かい風が吹いていて、柔らかい香りがどこからか漂ってきた。公団の向かい側にある家の庭では、黄色の花が咲いている。

「ちょっと、川野さん」

追いかけてきた和美と一緒になって歩きながら、敷地内にある集会場に行けば、暇な住人が雁首を並べていた。

入り口の一番近いいすに腰を降ろし、和美はいつも通りみんなにお茶を淹れて回った。

会議がすぐに始まり、会長の申し送りを受けた。最早いやだとも言えない雰囲気で受けざるを得ない状況になっていた。その後で草刈りの話し合いになったが、やはりまとまらない。

自分たちでやろうが、業者を頼もうがどちらでも構わなかった。

「だからねえ、自分たちでやるのよ。いいわよね、川野さん。四月なんだからあなたがもう会長よ。決定権はあなたにあるのよ」

和美の威勢は相変わらずだ。いつも反論をしていた郁夫が亡くなったので、誰も反対意見を言おうとはしない。自分たちではやりたくないのに、反対意見が述べられないようでは、和美に負けるのは時間の問題だった。

本当にお茶なのかどうなのか疑問を感じるほど薄い色をした湯飲みの中の液体を見る。

箱根で留子が淹れようとしていたお茶はさぞおいしかっただろうなあ、と思うと涙が浮かんだ。

せめてお茶の一杯くらい飲んでからでもよかった。

嚙みしめた歯の間から、呻《うめ》き声が漏れそうになるのを必死でこらえていると、和美から名指しされた。

「いいわよね。自分たちでやるで」

立ち上がった和美に指で示された。

「はあ、もうどうぞ、お好きに」

そう言い返すだけで精一杯だった。

今にも泣き出しそうな顔をしていたのか、集まっていた住人が、ぽかんとしてわたしを見ている。

静まり返る集会場で突然拍手が起こった。

和美が満面の笑みで手を叩いている。ほかの住人は呆気に取られて和美のほうに視線を向けていた。

「やっぱり川野さんよ。そうこなくちゃ。じゃ、日にちを決めなきゃね。あんまり暑くなる前にやったほうがいいわね。また救急車騒ぎになったら困るから自分でちゃんといろいろ用意してくださいね。帽子はもちろんだけど、お水とかね」

自分の意見が通ってご機嫌な和美は誰よりもはしゃいでいた。

「じゃ、日取りは適当に決めてください。わたしはこれで」

もう用はないだろうとばかりにそっといすから立ち上がると、集会場を後にした。

これでしばらく会議はないから、呼び出されたりもしなくなる。それだけでも気分的には楽だった。

雑草が芽吹き始めた土を見ながら歩いていると、追いかけてきた和美に肩を摑まれた。

「ありがとうねえ、川野さん。これでなにもかもうまくいくわよ。今までばかばかしい話し合いを何度もしたわねえ」

肩を叩く和美を冷めた目で見つめる。

「結論なんか最初から出てたのよ。日取りは本当にわたしが決めていいの？」

「はあ、ご自由にどうぞ」

軽く頭を下げて、また歩き出した。

「じゃ、決めておくわねっ」

背中に陽気な和美の声がかかるが、もう振り返りもしなかった。

黙って家に帰ると、着替えもせずに、布団に倒れ込む。

和美の言う通り不毛な会議とはこれでおさらばできる。それでも心は重たいままだった。

布団をぎゅっと握りしめる。

胸が苦しくて仕方なかった。それでもいつかはこの苦しみから解放される日が来るのだろうか。

「会議、どうだった」

胸の苦しみに耐えるわたしに、部屋の入口に立つ香奈枝が尋ねた。

「ああ、うん」

香奈枝とも誰とも話などしたくなかった。

「ねえ」

布団が引っ張られる感じがした。顔をあげると、端っこに香奈枝がのっている。

「本当に具合が悪いんじゃないの？　病院に行ったほうがいいわよ」

おまえの心配はわたしじゃなくて金のくせに、と考えれば香奈枝の顔も見たくなかった。

「行ったほうがいいわよ。ね、わたし、一緒に行くから」

よほど死なれては困るのか、執拗に香奈枝は病院へと誘った。

「行きましょ。ガンだって早期発見が大事っていうじゃない」

ガン治療は金がかかると言いたいのか、と腹が立ってきた。

「ね、お父さん」

「うるさいっ！」

叱り飛ばしていた。

「だってえ」

「死んでもいいんだ！」

布団を握りしめて叫んだ。

留子を失った今、生きる気力もなくなっていた。

11　留子

　午前中に掃除や洗濯を終わらせた。四月に入ると同時に春めいた陽気になり、外に出ても寒くなくなった。むしろ長袖では少し汗ばむ陽気だ。溜まった衣類だけではなく、寝具類も洗濯しようと自分と隼人のシーツをはいでから、秋之の部屋に行く。

「秋之、ごめんね。シーツの交換をするね」

　秋之のシーツを交換していると、後悔の気持ちが湧き起こった。あれからひと月以上経っているのに箱根での自分の行動が悔やまれてならない。

　なぜあそこで受け入れられなかったのか、仮に断るにしろもっと別の方法があったはずだ。

　ぎりぎりと奥歯を嚙んで悔し涙を零しても、もう時間は巻き戻せない。

　秋之の体を横に向けたり、上にしたりしながらどうにか新しいシーツを敷き終えた。かなりの肉体労働だ。腰に響き、思わずそっくり返って腰を叩いていた。

布団をただし、汚れたシーツを持って洗濯機の中に放り込み、スイッチを入れる。

音をたてて動き出した洗濯物を見つめながら、また婚活パーティーに申し込もうかどうしようか激しく迷うが、幸三のような娘を持っている親などそうそういやしない。

洗濯機に両手をつき、ぶるぶると体を震わせる。

一からなにもかもやり直すくらいなら、幸三に頭を下げて謝りたい。謝って許してもらえるならそれが一番いい。だが幸三は許してくれるだろうか。

考えると頭が痛くなってくる。

頭の痛みに耐えながら一日を過ごし、翌日は朝早くに春陽がやってきた。

「こんにちはあ、秋之くんの具合はいかがですかあ」

お茶を飲むことしか考えていない訪問看護師は今日も能天気だ。

「変わりないですよ。まだ元気になりません。一体いつになったら元通りになるのか」

玄関先で出迎えながら、首を左右に振った。

「そうですか」

複雑そうな表情をしてから秋之の部屋に行った春陽はいつもの通りに血圧だけを測

った。そのあとは当然の顔をして、リビングでお茶を飲んでいる。

「あの、先日はお断りしてすみませんでした。ちゃんと謝らなくちゃとは思っていたんですけど、忙しくてなかなかチャンスがなくて」

お茶を飲んでいるついでに言うような話かと思ったが、ばからしくて言わなかった。

「いいのよ、わたしもちょっと無理を言い過ぎたと思ってるわ」

あの日の頼み事は直接幸三につながっている。こんな結果になるならあんなお願いなどしないほうがよかった。

隼人を抱きながら、春陽の前に腰掛ける。

「そうですか、おわかりいただけてよかった。正直、ああいうのが一番困るんです」

もちろんわたしだってよく理解している。だがそうしなければならないほど、あのときは切羽詰まっていた。だから春陽にヘルプを出した。それを足蹴《あしげ》にしたのは春陽だ。結局、正則に来てもらったが、何の意味もなく、金を無駄遣いしただけだと思うと、やはりこのままというわけにはいかない。

幸三に頭でもなんでも下げて許してもらわなければならない。もう直接会ってもらえないだろう。すると電話か。電話で何を言う？　あの日は先に帰ってすみません、こんなおばあちゃんですからもう性行為は無理なんです、とでも言えば許してもらえるだろうか。それともメールでまずは素直に謝るか。

自分のために淹れたお茶を眺めながら、必死に頭をフル回転させるが、どれもこれも妙案とは思えない。そればかりか、かえって幸三を怒らせてしまうのでは、と不安になってくる。

「あの、どうかなさいました?」

じっとお茶を見つめているわたしの顔を、いつの間にか春陽が覗き込んでいた。

「いえ、別に」

真実など言えるはずもなく、適当に言葉を濁す。

「でも、お顔の色もさえませんし」

そりゃあ、計画に失敗したのだからさえるはずもない。

人の気持ちを逆なでばかりする看護師だ。

「お加減が悪いなら病院に行かれたほうがよろしいのでは?」

「いえ、本当に大丈夫ですから」

無理矢理笑みをつくる。

「そうですか。でもご無理はなさらず」

したくてしているわけじゃない。無理をしなければいけないからしているだけだ。

周囲の人たちは世間体のいいことばかり言う。現実は誰にでもない、介護者の肩にのしかかっているのを本当にわかっているのかと言ってやりたくなる。

誰にもわかりはしない。看護師にもヘルパーにもお国にも。

この気持ちは一体どこにぶつければいいのか。

春陽を目の前にすると苛立ちだけが募っていく。

その日も春陽は、優雅にお茶を飲んで帰っていった。

帰っていく春陽の後ろ姿に、うちは喫茶店じゃない！　と叫び出したくなっていた。

春陽が使った湯飲み茶碗の片づけをしている間も、腹が立っていた。腹を立てれば立てるほど、幸三を逃した事実が惜しくてならない。

とりあえずメールで帰ってしまったのを素直に詫《わ》びるのが無難だろうかと考えながら片づけを済ませる。

湯飲み茶碗を水切りかごにのせてからリビングに行くと、テレビの前にいたはずの隼人の姿がない。

春陽が来るまではずっとリビングにいたが、そのあとの記憶が曖昧だった。

「隼人、隼人ー」

名前を呼びながら秋之の部屋と寝室を見るが、どこにもいない。驚いて家中を探し始めた。普段は使わない二階の部屋にも行ってみたが、ここにもいない。

外に出ていったのかもしれないとたたきを見れば、隼人の靴がなくて仰天した。慌てて靴を引っ掛けて外に飛び出した。駐車場や家の周りを捜しても隼人の姿がない。激しく胸が鳴り始める。

隼人が行きそうな場所と言えば、公園かもしれないと急いで向かったが、ここにも隼人はいなかった。

思いきり走ってきたので息があがっていた。何度も深呼吸をしてから加寿子の家に向かう。

商店街を抜ける間、どこかに隼人がいないかと捜しながら走ったが、どこにも見えないまま神山不動産の前まで来てしまった。

中に入るといつもの若い事務員が一人と大五郎がいた。のんきに新聞なんか読んでいる。

「大五郎さんっ！」

肩で息をしながら、大五郎の名前を呼ぶ。

「留子ちゃんか。どうしたんだい。なんだか顔色が悪いぞ」

事態を知らない大五郎は、高らかに笑っている。

息を整えようと胸のあたりに手を置き、留子は入り口の扉にもたれたまま尋ねた。

「隼人、隼人来てない？」

「隼人ちゃん？　いんや」

左右に首を振る大五郎を見ると、腰が砕けて、その場にしゃがみ込んでいた。

「おいおい、隼人ちゃんがどうしたって？」

慌てて奥から出てきた大五郎に手を取られた。

「いないのよ。家の中に。それで外に出てきたんだけど、やっぱりいないの。ここに来てないかと思って」

息を切らしながら、やっとの思いで口にした。とたん大五郎の表情が引き締まる。

「うちのが奥にいるから聞いてくる。留子ちゃんは、こっちのいすに座って。おい、水」

中にいた事務員の女の子が飛び上がって返事をし、奥に消えていく間、わたしは大五郎に手を取られて客用のいすに座らされた。

「ちょっとここに座っててな」

小さな子に言い聞かせるように言うと、すぐに大五郎は奥に消えていき、代わりに水を注いだグラスを持った事務員がやってきた。

なみなみと水が入ったグラスが手渡された。ここまで駆けてきたので確かにのどがひりつくように渇いていた。

グラスの水を一息で飲み干すと、加寿子が店にやってきた。

「隼人ちゃん、いないの？　うちにも来てないわよ」

顔を引きつらせて言う加寿子を見た瞬間、目の前が真っ暗になった。

「どうしよう」

グラスを握りしめて、つぶやく。

思い当たる場所は全部捜した。これ以外にどこも思い浮かばない。

「留子ちゃん、しっかりして」

グラスを握った手の手首を加寿子は掴んだ。

「子供の足よ。そうそう遠い場所まで行けやしないわ。わたし、ちょっと捜してくる。留子ちゃんは一度家に帰ってみて。もしかしたらちょっと出ただけで戻ってるかもしれないから。それととなり近所に聞いてみて」

「わかったわ」

あまり加寿子を頼ってはいけないと知りつつも、ほかにいない。せめて秋之が元気ならこんな心配もしなくて済むのに、と目に涙が浮かぶ。

「泣いている場合じゃないでしょ。留子ちゃんがしっかりしないでどうするのよっ！」

加寿子に叱責されて、涙を拭う。

「そうだよ。おれも捜してみるから」

「お店は？」

ちらりと事務員を見れば、不安げな表情をしている。

「従業員がいるから大丈夫だ。留子ちゃん、立てるかい？」

「ええ、大丈夫」

力強くうなずいた。ここでわたしがへばっていられない。

「そうよ。じゃ、家に戻ってて」

そっと手を離した加寿子はいったん奥に行き、コートを羽織って外に飛び出していった。

「留子ちゃん、送っていこうか？」

出かける準備をした大五郎にそう言われたが、首を振った。

「大丈夫。一人で帰れるわ」

「よし、じゃ、なにかあったらスマホに電話をくれ」

顔を引きつらせて大五郎も出かけていく。あとを追うように、わたしも急いで家に戻り、両隣の家に事情を話した。どちらの住人も捜すのを手伝ってくれると言ってくれた。みんなが待機していたほうがいいと言うので、家に戻ってみたが玄関のたたきに靴はなく、隼人がいる気配もなかった。秋之にも変わった様子はない。

ベッドの柵に手をかけて、じっと秋之の顔を眺める。

「隼人がどこに行ったか知らない？」

寝たきりの秋之にそっと囁く。返答は当然ない。

今は誰かが隼人を見つけてくれるか、あるいは隼人が自力で帰ってくるのを待つしかなかった。

右手はスマホ、左手は垢《あか》のにおいが漂う秋之の手をぎゅっと握りしめている。

秋之の手は汗でぬめり、皮が一枚めくれるように垢が浮いている。その手を握りしめて離さない。

視線はスマホに向けたままだ。

一時間近く睨んでいたが、大五郎からも、加寿子からもなんの連絡もない。

やはり人に任せず、自分も捜しに行ったほうがよかっただろうか。でも、大五郎の言う通り、隼人が帰ってくるかもしれないと思えば、心は揺らぐ。

せめぎ合う気持ちに揺さぶられながら、ずっと同じ格好で座っているのはしんどくてならない。

ぴんと尻のあたりまで伸びるように、腰に痛みが走る。

いつまでたってもスマホは黙ったままだった。かわりにインターフォンが鳴って、秋之の手を勢いをつけて離し、玄関に向かった。

たたきには、大五郎がいた。

悲痛な表情を目にして、隼人は見つからなかったと知った。

「あがるよ」

なにも言えないわたしの脇を通り過ぎ、リビングに行く。勝手知ったる家に遠慮はいらず、大五郎はソファに腰を降ろした。

「加寿子にもこちらに来るように連絡したからすぐ来ると思うよ」

ため息とともに吐き出された重苦しい声を聞いて、奈落《ならく》の底まで落とされた。立っているのもおぼつかず、リビングの壁にもたれてずるずると座り込んでいた。

「留子ちゃん」

驚いて近寄ってきた大五郎に肩を抱かれた。

「大丈夫よ、大丈夫」

自分は大丈夫、と言ったのか、それとも隼人は大丈夫という意味で言ったのか、自分自身でもわからずに答えていた。

「加寿子が来たら……」

そう大五郎が言うのとインターフォンが鳴るのは同時だった。

力が抜けて出迎えに行けないわたしのかわりに、大五郎は加寿子を伴ってリビングにやってきた。

あちこち走り回って捜してくれたのか、加寿子の息は上がり、顔が白かった。

「留子ちゃん、警察に電話しましょう」

うなだれて、床を見ていたわたしは顔をあげた。

そこには真剣な顔をした加寿子がいた。

目の奥が熱くなり、涙が溢れそうになる。

「そうよ、誘拐かもしれないわ」

大五郎が現れてからぼんやりと考えていた。

「小さな子よ。一人でどこに行くっていうの。誘拐されたのよ、間違いないわっ。あの子があんまりかわいいから連れていった人がいるのよ。うちはお金があるし、だからきっと連れていったのよ」

自分の声とは思えないほど甲高く、ヒステリックに叫んだ。

いったん、誘拐という言葉を口にするとそれが真実だと思えてきた。

見知らぬ大人に監禁されている隼人が目に浮かんでくる。必死になって助けを呼んでいる姿が見える。

「助けにいかなきゃ、助けなきゃ」

ふらふらとわたしは立ち上がった。

「留子ちゃん、落ち着いて」

加寿子に強く肩を摑まれ、顔を覗き込まれた。

「警察に連絡する。おれがするから。留子ちゃんは少し休んでいなさい。いいね」

大五郎が加寿子にそっと目くばせをすると、心得たとばかりに大五郎のかわりに加寿子がわたしの肩を抱き、ソファまで連れていってくれた。

柔らかなソファに腰を落としながら、大五郎が警察に連絡するのを聞いていた。

「そうです。三歳の子供です。住所は……」

冷静な大五郎の口調はわたしの恐怖心をあおっていた。

すぐにやってきた警察官に、動揺を隠せなかった。いなくなった経緯を話しているときも写真の提供をしているときも、今日の服装を教えている間も、わたしはヒステリックに叫び続けていた。

「だからあの子は誘拐されたんです。そうに決まってる！」

脳天から声が出ているようで、これが本当に自分のものなのか疑問を感じた。どこか遠い場所で、自分を見ているような感覚に襲われながらも叫び続けるのを止められなかった。しまいには加寿子に思いきり抱きしめられた。

警察官には連絡がない以上は誘拐だとは断定できないと言われ、近所を捜すが、なにかアクションがあったらすぐに連絡してほしいとだけ指示された。

警察官が家を出ていってから、放心状態になってソファに座り込む。

一体どのくらいの人数で、どこまで捜すつもりでいるのかすら教えてはもらえなかった。

先日も神隠しにあった子が白骨となって発見されたニュースを見たばかりだ。

隼人がもし何年も見つからなかったら、白骨となるまで会えなかったらと想像するだけで胸が押しつぶされそうになる。

自分を抱く加寿子の手をぎゅっと握りしめる。

そのうちに両隣の住人が帰ってきたが、やはり見つからなかったと知らされて、涙がぼたぼたと零れてきた。目からどっと溢れ、頬を伝って顎《あご》に落ちていく。

「大丈夫よ、留子ちゃん。きっと警察の人が見つけてくれるわよ。それまでは待ちましょう」

そう慰《なぐさ》められたが、わたしの心は誘拐と白骨でいっぱいになった。

「留子ちゃん、おれも捜しに出るよ。ここでじっとしているよりもいい。町内会にも声をかけてくる」

「じゃ、わたしも」

加寿子の手を払って腰を浮かせたが、大五郎に押しとどめられた。

「留子ちゃんは家にいたほうがいい。犯人から連絡があったとき、留子ちゃんがいたほうがいいから」

そこまで言って、大五郎は首を振った。

「いや、まだ誘拐と決まったわけじゃない。隼人ちゃんが自分で帰ってくるかもしれないから」

ほかの人たちももう一度捜すからと慌ただしく大五郎と一緒に出ていったのを見送れば、また涙が零れた。

隼人にもしものことがあったらきっと生きてはいけない。かといって秋之を一人にしてはどこにも行けない。

身が切り刻まれるような悲しみに襲われる。

いつまでこの辛さに耐えればいいのか。

永遠とも思える時間を、ずっと加寿子に抱きしめられて祈り続けた。

夕日がリビングの床を照らし始めた。

そっと窓のほうに目を向ける。周囲を焼きつくすように真っ赤に染まっている。

不安はどんどん膨れ上がっていく。

見つかる前に陽《ひ》が完全に落ちて、暗くなれば捜すのも難しくなる。

「わたし、やっぱり捜しにいってくる」

ずっと気遣ってくれた加寿子にぽつりとつぶやく。

「駄目よ。今、警察だってうちの人だってがんばってるんだから」

静かに加寿子に諭《さと》される。

「だって夜になったら……」

その先は怖くて言えない。加寿子も不安なのだろう、いつになく緊張した面持ちでいる。そんな加寿子を眩しい夕陽が照らしていた。

太陽が完全に隠れて真っ暗になったら、その中を隼人は一人で歩くかもしれない。ばあちゃんと呼びながら、家が見つからなくて泣いているかもしれない。

隼人の泣き声が聞こえてきて、わたしは両耳に手を当てた。

指の間からくぐもった声が聞こえてきた。

加寿子と顔を見合わせる。その顔が明るく輝いている。思わず加寿子の手を払って立ち上がり玄関に駆けていた。

たたきに大五郎に手をつながれた隼人が立っている。隼人の顔と服は泥だらけだった。

「隼人っ！」

思わず右手をあげ、頬を叩こうとしていた。

「まあまあ、留子ちゃん」

間に入った大五郎に止められる。

「いいじゃないか。無事に帰ってきたんだから」

らを窺っている。

「だってえ」

いけないことをしたんだと隼人は気がついたのか、大五郎に隠れるようにしてこち
「さ、隼人ちゃん、おうちにあがろう」

背中を押し、大五郎は靴を脱がせた。靴も泥だらけだった。

一体どこでなにをしてきたのか、聞きたいことはたくさんあったが、まずは汚れた服をなんとかしなければいけなかった。警察にも連絡をしなければならない。

安心感には包まれたが、今度は勝手な真似をして家を出ていった隼人が頭にきて仕方なかった。

湯を張り、大五郎が風呂に入れてくれている間に、警察に電話をかけ、無事に見つかったと知らせ、平謝りに謝った。それからやっとお茶を淹れ、加寿子と二人ですすった。

「よかったわあ、暗くなる前に見つかって」

湯飲みを両手でくるみながら、加寿子は笑みを浮かべている。

「一体どこに行ってたのかしら」

泥だらけになるような場所はこの辺りにはない。秋之が子供のころなら話は別だ

が、今はどこもかしこも舗装されている。

「うちの旦那が戻るまで待ちましょ。あー、お茶がおいしい。いい葉っぱ使ってるのね」

いつも春陽の為に使っている偽物の高級品だったが、加寿子は気を遣ったのかもしれない。こちらは頭に血がのぼって味も香りもわからない。

二杯目のお茶も飲み干すと、やっと大五郎と隼人がリビングにやってきた。隼人はこざっぱりした格好になったが、髪がまだ濡れている。

「隼人、こっちに来なさい」

ソファに座ったまま、隼人を呼ぶ。叱られると思ったのか、隼人は大五郎の太腿《ふともも》にしがみつき、上目遣いでわたしを見ている。

「隼人！」

「まあまあ、留子ちゃん、おれにもお茶を淹れてくれ。どうせこの家にはビールなんかないだろうからね」

笑いながら隼人を抱き上げ、ソファに座った大五郎に、そっとお茶を淹れた湯飲みを差し出した。

膝の上に隼人を抱いて、大五郎はお茶を一口すすり上げた。

「留子ちゃん、この子を叱ったら駄目だぞ」

つややかな隼人の頭を、大五郎は撫でている。

「なんでよ。隼人はね、黙って家を出たのよ。それがどんなに大変なことだか、周囲に迷惑をかけたか、ちゃんとわかってもらわなきゃ」

今すぐにでも隼人を叱りつけたいが、二人の手前もあり、じっとこらえる。なによりわたしが捜し出してきたわけじゃなかった。大五郎が見つけてくれたのだ。そういえばまだ礼を言っていなかった。

「今回はご迷惑をかけました。ありがとうございます」

思い出してすぐにそう言った。あとで町内会の人たちにも謝りにいかなければと思った。

「いやいや、いいんだよ。隼人、おまえがなにをしてたのかばあちゃんたちに教えてあげな」

少し怯《おび》えている隼人の目を見つめる。

「ぼく、ぼく、パパが早く元気になりますようにってお願いしてた」

かっとわたしは目を見開いた。

「神社でな。ほら稲荷《いなり》神社があるだろ」

「稲荷神社……」

近所にある神社だ。だが近所といってもバス停で二つ分ほどあるし、子供が歩くとなればかなりかかる。

年始にはいつもそこに初詣に行っている。だから隼人も知ってはいるが、一人で歩いていくとは想像もしなかった。

「そこでお参りしてたよ。テレビで見たんだそうだ。神社でお百度参りすると願いが叶うって。な、隼人、そうなんだよな」

「うん。パパに元気になってもらいたかったし、ママに会いたかったから」

神妙な顔をしてうなずく隼人を見て、怒っていた気持ちが急速に萎《な》えていった。怒るどころかむしろ隼人を褒めてやりたいとすら思った。

お百度参りなど今の若い人がやるはずもない。神社に願掛けをしたからといって願いが叶うはずがないとわかっているからだ。それに何度も往復しなければならない。

隼人が泥だらけになって帰ってきた理由がやっとわかった。あの参道は舗装されていない。

「おいで、隼人」

腕を伸ばして大五郎から隼人を受け取ってしっかりと抱きしめる。甘いにおいがした。子供の、隼人の香りだ。

「ママに帰ってきてほしかったの。パパに元気になってほしかったの。そうなの」

口ではなにも言わないが、寂しくてたまらなかったのだ。

「でもね、隼人、もう一人で、ばあちゃんに黙ってお外に出ていったら駄目よ。心配するからね。そのかわり行きたくなったら、ばあちゃんも一緒に行くからね」

「うん」

満面の笑みでうなずく隼人が愛おしくてならなかった。

一緒になって隼人を捜してくれた二人に礼を言って帰ってもらおうとすると、玄関のたたきで大五郎は振り返ってまじめな顔つきになった。

「留子ちゃん、いろいろ大変なのはわかるよ。でも、なんていうかな、きちんと現実を受け入れてだな、秋之くんはもう元気にならないし。だったら意地を張らずにもう少し国のサービスを使ったりしちゃどうかな。訪問看護師とかヘルパーとかも入れて」

大五郎に悪気はないのだ。心配してくれているのだが、癇《かん》に障《さわ》った。

「全部入れてるわ。お茶ばっかり飲んでる看護師だけど」

「お茶あ」

大五郎の目が丸くなる。

「それはまずくないか。ほかの人に代えてもらったらいいんじゃないかな」

「ステーションになにか言ってクレーマー家族だと思われるのがいやなの。誰も来てもらえなくなったらそれこそ本当に困るから」

「そうか。留子ちゃんにはおれらなんかよりも深い考えがあるんだな。うん、そうだった。聞かなかったことにしてくれよ、じゃ」

申し訳なさそうな顔をして、大五郎と加寿子は帰っていった。

隼人と二人きりになると、疲れ切った隼人を寝かせてから、わたしはスマホを持った。

画面を睨みつけるように見つめてから、幸三にメールを送る。

帰ってしまった理由や言い訳など書かない。ただ素直に自分の行動を詫びた。

返事がくるかどうかはわからない。ただもう幸三にすがるしか手は残されていなかった。

12　幸三

箱根旅行が過ぎてから、気力という気力をなくした。新聞を読む気も起こらず、日がな一日ぼうっとしてばかりいる。もうおしまいだ。留子以上の女性はどこを探してももういやしない。

まだ片づけていないこたつに足を突っ込み、頭を抱える。

老人ホームとなった公団に、自分はぴったりな気がした。そして郁夫のようにいずれ自分も死んでいく。ここが老人ホームどころか巨大な棺桶に思えてくる。

それもいやだ。このままここに閉じ込められて死にたくない。

かといってどこに行けるのか。たった一人で。

顔を覆って、その場でおいおい泣き続けた。

いずれわたしも死ぬ。だがここで死ぬのだけはいやでたまらなかった。そのくせどこにも行く当てはないのだ。

泣き続けるわたしの耳に、こたつの上に置き去りにされていたスマホの着信音が聞こえてきた。

ショートメールが届いた音だ。

誰がメールなどくれるというのか。

ず、と鼻をすすりながら、スマホを手に取り、歓喜の声をあげた。

留子からだった。

また涙が溢れた。

謝罪メールだった。許してほしいと書いてある。できればもう一度やり直したいとも。

泣きながらスマホを天にかざした。

まだやり直せる。ここから出ていくチャンスはまだ残されている。

グレーのスーツの上に春用のコートを羽織る。今日は暖かくなると朝の天気予報で言っていた。陽が暮れる前には帰る予定でいるのでこれで充分だ。

準備万端の支度をして香奈枝が洗濯ものをベランダで干している間に外に出た。

穏やかな陽気で、風も吹いていない。

気分も晴れやかに新宿駅まで出て、東口にある交番で不動産屋の場所をいくつか尋ねた。

地方から出てきた田舎者《いなか》だと思ったのか、スマホを使い切れないと思ったのか、若い警官は丁寧にいくつかの店を教えてくれた。

とりあえず一番近い場所にある不動産屋を目指す。歌舞伎町《かぶきちょう》の近くにある不動産屋はビルの一階にあった。チェーン店のようで名前に覚えがある。

店に入る前に、店頭に張り出された物件を眺める。一人暮らし用の賃貸マンションばかりだった。

これではなんの役にも立たないと店に入れば、客は誰もいなかった。

「いらっしゃいませー」

ピンク色の事務服を着た若い女子社員が素早く立って腰を折った。

「あー、一軒家を探しているんだけど」

女子社員の前に腰を降ろし、わたしは尋ねた。

「はい、賃貸でよろしいでしょうか？」

「いや、購入予定なんです」

驚いた風もなく、パソコンのキーボードを女子社員は叩き出した。指の動きに合わせて、ポニーテールに結《ゆ》った髪の先が揺れる。

「場所はどのあたりを考えていますか？」

「まあ、できれば都内で」

地方に出てもいいが、都内はやはり便利がいい。

「それから平屋がいいんですが」

「ご予算は？」

器用にキーボードを動かしながら、女子社員の口調は淀みない。

「まあ、一千万円くらいで……」

とりあえず低めの金額を提示する。最初から全部の貯金額を言うのもどうかと思ったのだ。

「そうですねえ、平屋というのが都内では難しいんです。二階建てとか三階建てというなら多いんですけど」

「三階建て……」

若い人ならともかくこの年で三階までの上り下りをする気にはなれない。団地の二階だって歩くのが苦痛に感じるときがある。それでも家の中に入ってしまえば、すべて平らなのは生活しやすかった。

先々を考えてもやはり平屋がいい。

「平屋はないでしょうか。少々、遠くてもかまいませんから」

「それなら青梅《おうめ》に築五十年の古民家があります。これなら八百万円です。多少リフォームしなければなりませんが、住み心地はいいと思います。最近古民家は流行りですし。自分で修理するのも楽しみのひとつだと言ってご購入される人は多いですよ」

「青梅……」

確かに都内ではあるが、それでは地方の田舎と変わらない。それに自分でリフォームなどできるはずもない。

「もう少し近くでないでしょうか。二十三区内とは言いませんけど、上野《うえの》とか新宿とかに出やすい場所で」

「それなら千葉ですとか、埼玉がよろしいかと。ただやはり平屋というのは厳しいかと思います」

「はあ、そうですか」

「いい物件が出たらお教えするのも可能ですから、電話番号などを教えていただければご連絡しますよ」

「あ、いいえ、結構です。ありがとうございました」

礼を言って、店をあとにする。

スマホとはいえ、番号を教えて、香奈枝のいるときにかかってきては困るのだ。いつどこで聞き耳を立てているかわからない。

家を購入するなどと香奈枝が知れば、また文句を言うに決まっている。

気を取り直して別の不動産屋に行ったが、どこも似たような返事だった。

せっかく気をよくして出てきたのに、何の成果もあげられず家に帰れば、勝手に出ていった、また婚活パーティーかと香奈枝が怒っていた。

どこに行っていたと執拗に迫る香奈枝の言葉を無視して自分の部屋に行き、スマホを取り出した。

何度も読んだ留子からのメールにまた目を通す。

――幸三さんとやりなおしたい。本当にごめんなさい。

留子のやさしさが胸にしみた。結婚を受け入れてくれたのだとこのメールを読んで確信を得た。

ある程度の準備をきちんと整えてから留子には会いたかった。けれどこれではいつになるかわからない。

留子と相談しながら家の購入は考えたほうがいいかもしれない。

先々を夢見ながら、留子に会いたいとメールを送る。さすがに明日は厳しいから明後日ではどうかと伺いをたてると、留子はそれでかまわないと返事を寄越した。

明後日には留子に会えると思うとうれしくてならなかった。


約束の日、いつもより早く目を覚ました。スマホで時刻を確認すると四時だった。さすがに早いと思ったが、うれしさも手伝って眠れなくなった。窓の外もまだ暗い。香奈枝も寝ているはずだと思えば、むやみに動くのもためらわれてぐずぐずと眠れないなりに布団にもぐっていた。

いつもの起床時間まで待って布団から出て、お茶を淹れた。食事は香奈枝に任せきりだが、お茶くらいは自分で淹れる。

ゆっくりと時間をかけてお茶を飲んでから、一階にある郵便受けに新聞を取りに行った。毎日の習慣で新聞を読まないと一日が始まらない。

紙面をめくりながら、広告のページで手が止まった。

『田舎で暮らそう！』

でかでかと大きな文字で書かれた宣伝文句が目に飛び込んできた。

熱海《あたみ》や伊豆《いず》の一軒家が売りに出されていた。

海岸から徒歩五分、駅から徒歩十分。野菜づくりも可能な土地付き。そんな文句とともに価格も記載されている。

熱海が八百万円。伊豆が七百万円とどちらも持っている貯金で手が届く金額だった。しかも希望どおりの平屋だ。ある程度のリフォームもされていると書かれている。

新聞を持つ手がぶるぶると震えた。

都内ではないが、駅から歩いていける。熱海なら都心に出るのも電車一本だ。

これだ。

まさに理想の家ではないかと心が躍る。しかも今日は留子に会える日だ。これは神様からの贈り物ではないかとすら思った。

すぐに広告の部分だけを切り取り、手帳に挟む。

そうこうしているうちに香奈枝が起きてきた。

「もう新聞なんか読んでるの。相変わらず早いわね」

寝ぐせがついた髪を撫でつけながら、香奈枝は大きくあくびをした。まだ完全に覚醒していないらしく、目がとろんとしている。

「年寄りだからな」

広告を挟んだ手帳をこたつの中にそっと入れ込んだ。

「ふーん、一応自覚してんだ。してないかと思ったわ」

大きく伸びをしながら、香奈枝はまた自分の部屋に戻った。

こたつの中に隠した手帳を引っ張り出し、広告を眺める。カラーではないが、海が一軒家のバックに写っている。

海を見ながら留子と二人での生活はまさに理想的だった。

だらしなく目尻が下がるのが自分でもわかった。妄想が頭の中で膨らむ。

今日、留子に会ったら早速話をしようと、もう一度切り取った広告を丁寧に折りたたんで手帳に挟んだ。

約束の時間よりも二時間早く家を出た。留子が昼に食事がしたいというのでちょうど十時に外に出たのだ。

暖かい風が吹いていて、わたしの頰を撫でていった。

13　留子

　西郷《さいごう》さんの両肩にカラスだか鳩だかの糞《ふん》がいくつも落ちていた。銅像なのでなにも言わないでじっとしているが、生きていたら腹立たしくてならないはずだ。

　そんな西郷さんの銅像の周囲には人がこれでもか、と群がっている。天気がいいのもあったし、心地よく風が吹いているのも理由のひとつだろう。みんな春の暖かな陽気につられて外に出てきたのだ。

　木々も芽吹き始めて生命の逞《たくま》しさを感じる。

　春は人も植物も元気にさせ、身軽にする季節だ。

　ほかの人たちとは別な気持ちで、わたしはここに立っている。

　春らしい色合いの淡いピンクのスーツは、亡くなった夫がよく褒めてくれた。今日の勝負服としてふさわしいと選んでみた。

胸に手を当てて、大きく深呼吸する。

幸三はまだ来ていない。

今のうちに自分の気持ちを切り替えておく必要があった。今のわたしは秋之の母親でもなければ、隼人の祖母でもない。

詐欺師になるのだ。今度こそ、心の奥底から。

失敗はもう二度と許されない。

何度目かの深呼吸のあと、自分の名前を呼ぶ、幸三の声が聞こえてきた。

振り返ると、薄手のコートのすそを翻して幸三が小走りに近づいてくるのが見えた。

手を振りながら、腹に力を入れる。

「お待たせしました」

息を切らして、幸三がわたしの目の前に立つ。

「あの、先日は本当にすみませんでした」

勢いをつけて腰を折る。

これはここに来る前から考えていた行動だ。まずは謝罪。素直に詫びる。

「いえいえ、いいんですよ。もう過ぎた話ですから、こちらとしても、申しわけなく思っていて。すみませんでした」

幸三からも謝られてほっと息を吐く。

「それよりも食事にしましょう。いい店があるんです」

あの夜の出来事に関して、幸三は本当に気に病んでいないのだ。

「いいお天気でよかったですね、幸三さん」

青い空を見上げ、わざとらしく名前を呼ぶ。

「二人を祝福しているようですなあ」

大きな口を開けて幸三は笑った。

祝福とはどういう意味なのか理解しかねたが、理解する必要もない。今は目の前にいる幸三と仲良くする。それだけを考えて、二人で歩き始めた。

銅像から離れ、不忍池《しのばずのいけ》のふちを並んで歩く。

どこからやって来たのか池にはたくさんの人が集まっている。マスクをしたままランニングする人や犬を連れた人もいる。家族連れもいたし、若いカップルなどは腕を組んでいる。

うつむき加減に歩きながら、はたから見ると自分たち二人はどんな関係に見えるのだろうかと気になった。

歩いている間、幸三は多弁だった。

天気や季節の話など、さして面白《おもしろ》くもなければ興味もない内容が続いたが、黙ってついていき、池のほとりにある料亭ののれんをくぐった。

古民家風の店の庭のつくりは日本庭園だった。先日の箱根の旅館を思い出した。あのときと同じ失敗はすまい。

座敷に案内される間、何度も自分にそう言い聞かせていた。


店員が案内してくれた個室には床の間があり、アヤメの花が飾られている。えんじ色の座布団に座ると、障子が開放されていて、手入れの行き届いた庭が見える。高そうな店だと思ったが、メニューを見るとランチは良心的な値段だった。

日替わりがおすすめですがいかがですか、と聞かれた幸三は、黙ってうなずいた。

メニューの中でそれが一番安かった。幸三の懐《ふところ》具合が見えてくる。

向かい合って料理が届けられるのを待つ間も、幸三はずっと話していた。

もう一度会えてよかったとか、実は会いたくて仕方なかったとか、今時の若い人たちだってそんな歯の浮くようなセリフは言わないだろうと思える言葉を幸三は次々に並べたてた。

つくり笑顔で適当な相槌を打ち、やがて届けられた料理をいただいた。

刺身に天ぷら、とちょっとしたミニ懐石だった。

料理を食べ終え、最後にお茶を飲んでいると、幸三が紙切れをテーブルの上にのせた。

「これを見てください」

新聞の切り抜きだった。

手に取ると『田舎で暮らそう！』という文字が書かれた広告で、一軒家の写真と価格が載っていた。

「あの？」

切り抜きと幸三を交互に見る。

「新しい生活を始めたいんです」

きりっと幸三の表情が引き締まる。

「と、申しますと？」

なにを言っているのかよくわからなくて、少し首を傾げた。

「家を買って、一緒に暮らしませんか？　もちろんお金はわたしがなんとかします」

内心、ひどく驚いた。わたしが目的なのは知っていたが、こんなに早急に話がすすむとは想像もしていなかったのだ。それだけ幸三は真剣なのだ。ではこちらも詐欺師としてその気持ちにこたえなければならない。

「いいですね」

にっこり微笑むと、幸三の表情が緩む。

「いやー、よかった。留子さんに反対されるかと思った」

「反対なんかしません。幸三さんについていきます」

かしこまって姿勢を正す。

「よかった。熱海と伊豆とどちらがよろしいですか」

「お任せします。わたしは幸三さんたちと暮らせればいいんですから」

この気持ちに嘘はない。

幸三とその娘と暮らせるのなら場所なんてどこでもよかった。

「幸三さんたち？」

はて、と幸三がなにかを考えるように天井を見上げた。

「ええ、娘さんもご一緒でしょう？」

「いえ、娘は別に暮らします。ここは留子さんとわたしと二人で暮らすための家です」

危うく持っていた湯飲みを落としそうになった。

二人で暮らす。それでは意味がないのだ。

「それは駄目ですよ」

「は？　駄目って？」

「駄目ですよ。だってそれじゃあ意味がないじゃありませんか」

「え？」

「だってそうでしょう。わたしたちは子供の結婚のために知り合ったんですから。だから子供たちも一緒でなければ意味がありませんよ」

虚をつかれたように、幸三は落ち着きをなくした。

ここが正念場だ。

膝の上に置いていた手が、ぎゅっとスカートを握りしめた。

ずいっと前のめりになって幸三の顔を覗き込む。

「そもそも子供たちの結婚が目的だったんですよ」

「はあ」

気のない返事をされて、娘と別居するのは本気なのだと悟った。

それでは困る。幸三一人では、へたをすれば介護する人が増えるだけの結果になってしまう。結婚などしなくてもいい。秋之の嫁になってくれなくてもいい。けれど一緒に暮らさなければ、目的が達せられない。

「お互いの年やこれまでの生活を考えてください。どんな事情があったって、子供たちがいたから生活してこれたんです。支えにもなってくれたでしょう?」

「はあ」

「ましてお互いこんな年。なにが起こってもおかしくないんですよ。そんなとき一番頼りになるのはやっぱり子供ですよ。なのにそんな捨てるような真似、わたしにはできません」

う、とのどの奥を詰まらせ、口元に手を当てた。

涙が浮かんだふりをして今度は目頭を押さえる。

「ですけどね、留子さん」

「みんなで暮らせばいいじゃありませんか」

ぱっと手を離して、幸三の方を見る。

幸三は呆けた顔をしている。

「親子四人、みんなで。それでこそわたしたちの結婚生活もうまくいくと思うんです」

胸の前で両手を組み合わせる。

「田舎ならきっと広い家が買えるわ。お金ならわたしも少しは用意できます」

隼人の存在は隠した。今はこの場をしのぐだけでいい。

「うーん、しかし」

両手を組んで、幸三は唸っている。

「わたし、早く幸三さんと一緒になりたい」

熱っぽく語った。

「留子さん」

幸三の両腕がはらりと下に落ち、みるみるその目に涙が溜まった。

「そこまでわたしを……」

はらはらと零れた涙を、幸三はこぶしで拭う。

「わかりました。娘も連れていきます」

「幸三さんっ！」

なりふりかまわずその手をぎゅっと握りしめた。しわだらけの乾燥した手だった。

これで手に入れられる。のどから手が出るほど欲しかった介護者が。

そう思うとうれしくてならず、この手はなにがあっても離すまいと、しっかりと力を込めた。

これで万事うまくいく。

涙が溢れてくるのを感じた。


幸三は握りしめた手を離そうとはしなかった。

店にいる間も、駅へ向かう道でもずっと握ったままだった。

指先は次第に熱を帯び、熱くなっていった。

改札前で向き合うと、幸三の瞳が潤《うる》んでいる。

「留子さん」

ふいに抱き寄せられた。いわゆる加齢臭がして、思わず顔をしかめたが、胸に押し付けられている形になっているので、どうせ幸三には見えやしない。

「留子さんの気持ちが本当だとわかってうれしかった。一日も早く一緒に暮らせるよう娘にもきちんと話します。近いうちに四人で顔合わせをしましょう」

「楽しみにしてます。わたしも早く幸三さんと一緒に暮らしたい」

よくもまあ自分の口からこんなセリフが出てくるものだと感心する。

人間、腹をくくれば、なんでも言えるし、できるのだと再確認した。

周囲の人たちの目は気になったが、しばらくそのまま抱き合っていた。

やがて幸三が離れ、わたしの顔を見つめた。

「留子さん、一緒に暮らせる日を楽しみにしています」

「わたしも」

手を握り合って別れ、改札をくぐり、一人になると小躍りするくらいうれしかった。

作戦はすべてうまくいった。あとは準備を整えるだけだ。

足取り軽く隼人を引き取って家に帰ると、正則が待っていた。今日もスマホを触っていたが、秋之を見るとさっぱりとした顔をしている。目ヤニもついていないし、顔も脂ぎっていない。手にも垢がなかった。

「顔を拭いたりしたんですよ」

黙って秋之をチェックするわたしを見て、正則は自慢げに言った。

「それはどうもありがとう」

幸三とはうまくいったが、次の難関が待っている。

四人での顔合わせだ。そのときには正則にもうひと働きしてもらわなければならない。

「またあなたに身代わりを頼むわ。日にちはいつかわからないけど」

すっきりとした顔をしている秋之の頬を撫でる。

「いいよ。ここまで来たならやるよ。ほかの仕事は断ってでもやりますから。いつでも声をかけてよ」

腹を括ったのか、正則は余裕たっぷりだった。

隼人は秋之の顔を覗き込んでいる。

何も知らない幼子《おさなご》は今日も秋之の手を触っている。

隼人のことをどうやって幸三に伝えるか。

幸三の心をとらえたとはいえ、まだまだ問題は山積みだった。

「そのときは頼むわ。今日はもういいわよ」

手を振り、じゃ、これで、と正則がその場から離れようとした時、スマホが鳴った。

幸三からだ。内容を読んでから、今にも部屋を出ていこうとする正則を呼び止める。

「なんですか」

「ちょっと待ってて」

素早く返信を送ってから、正則のほうを向く。

「早速仕事をしてもらいたいの」

にやり、と正則が唇を歪めた。

14　幸三

香奈枝は自分の部屋にいて、パソコンで動画を見ていた。夕食にはまだ早く、昼ご飯はとうに過ぎている。家事といっても掃除や洗濯など午前中で済むから今は暇な時間のはずだった。

なんだかよくわからないドラマを見ている。

「香奈枝」

コートも脱がず、部屋の入り口に立って名前を呼ぶ。

ひどく気怠《けだる》そうに香奈枝はこちらを見もせずに、「なあに」とだけ返してきた。

「話がある。お父さんの部屋に来なさい」

「いやよ。今、おもしろいところなんだから」

「いいから来なさい」

「いやよう。今、いいとこなんだから」

ぱりっとせんべいを齧《かじ》る音が響く。

家計が苦しいなどと言いながら、自分のお菓子を買う余裕はあるのだ。

「早く来なさいっ！」

一喝して、自分の部屋に行き、コートを脱いでハンガーにかけていると香奈枝が不貞腐れてやってきた。

コートをしまってから、こたつの脇に正座をし、香奈枝にも座るように指示する。

「はあ？　もうなんなのよ。わたし、忙しいんだから」

動画を見てたじゃないかと言ってやろうとしたが、最初から波風を立てる必要もない。

「いいから座りなさい」

気持ちを落ち着けて、畳を指で示す。

「もうっ。なんなのよ」

香奈枝も怒っていたが、渋々足を崩して座り込む。

こほん、とわざとらしい咳をひとつする。

「お父さんは結婚する。相手の女性も了承している。新しい家を買ってみんなで住もうと決まった」

指先にまだ留子のぬくもりがしっかりと残っている。このぬくもりがあるうちにはっきりと香奈枝に伝えておきたかった。どうせいつかは言わなければならない。だったら早い方がいいに決まっている。

目の前にいる香奈枝は仰々しく首を左右に振り、人差し指で耳の穴を掻いた。

「ごめんなさい、わたし、耳が悪くなったみたい。もう一度言ってくれない？」

うむ、とうなずき、同じ内容を口にする。

「お父さんは結婚する。彼女がぜひおまえとも一緒に暮らしたいと言っている。近々向こうの家族と顔合わせをするからそのつもりでいるように」

急に香奈枝の顔が真っ赤に染まったと思ったら、畳をこぶしでどんっと叩いた。

「色呆《いろぼ》けじじぃ！」

吐き捨てるように、香奈枝は声を荒らげた。

「何と言われてもわたしは結婚する。彼女はいい人でわたしもおまえのことも気にかけてくれている。彼女の気持ちは踏みにじれない。そのつもりでいるように。いくら反対しても無駄だ」

怒りをあらわにする香奈枝とは対照的にわたしは冷静だった。

「顔合わせの日が決まったら教えるから。話はそれだけだ」

くるりと膝を反転させ、香奈枝に横顔を見せる。

「冗談じゃないわよっ！」

甲高い香奈枝の声が響き渡る。

素知らぬ顔をして、尻の位置をずらし、電源を入れていないこたつに足を入れた。

にじり寄ってきた香奈枝は今度はこたつの上をどんどんっと手のひらで叩いた。

「結婚するですって！　自分をいくつだと思ってんのっ！　あと何年生きられると思ってんのっ！　しっかりしてよ。そんなことできるわけないでしょ！」

金切り声をあげて、香奈枝はこたつを叩き続ける。

「香奈枝の言うとおりだと思う」

ヒステリックに叫ぶ香奈枝とは対照的に、努めて冷静にわたしは言った。

「お父さんに残された時間はそんなにないだろう。だったらなおのことお父さんは好きに生きたい」

「好きに生きていいわよ。好きに生きなさいよ。婚活パーティーだってなんだって行きなさいよ。でもね、それと結婚はまた別なんだよ」

「別じゃあない」

「別よ」

「好きに生きるというのは、自分の心のままに生きるという意味だ。お父さんは自分の心に素直になって生きていきたい」

「お、お父さんが結婚したらわたしはどうなるのっ！」

興奮のためか香奈枝の目に涙が浮かび始める。

「安心しなさい。彼女はいい人だ。さっきも言った通りおまえとも一緒に暮らしていいと言っている。新しい家を購入するからそこでみんなで暮らそう。彼女もお金は出すと言ってくれている」

「はあっ！」

香奈枝は目を見開いた。

「なに言ってんの。そうそう都合のいい話があるはずないじゃない」

きーっ、と声をあげて香奈枝は自分の髪を掻きむしった。

まるで猿のような見苦しい姿だった。

こんなのが自分の娘かと思うとうんざりする。

「とにかくお父さんは結婚する。近々、両家で顔合わせをするからそのつもりで」

「そのつもりって」

きーきー、わめいていたと思ったら、今度は押し黙った。

「家族になる人と会うんだよ。いいね」

「お父さん、騙されてるんだよ。そうだよ。そうに決まってる」

今度は両手でこたつを叩く。

「騙されてなんかいないよ」

「じゃ、その人、どこに住んでるの」

「赤羽だ」

「赤羽のどのあたりよ。家族は？　家って、どんな家？　一軒家？　それともマンション？　家に行ったことはあるの？」

矢継ぎ早に質問が飛んできて、今度はわたしが黙ってしまった。

「結婚したらお父さんの年金だけで生活していくのよね？　それとも彼女がたくさん貯金を持ってるの？　家を買うっていうほどお金をたくさん持ってるの？　お父さんも出すんでしょ？　そんなにうちには貯金がないわよ。それとも彼女が今住んでいるところを売ってお金に換えるの？」

なにも言わないでいると、勝ち誇ったように香奈枝がたたみかけてきた。だが確かに香奈枝の言う通りで、行ったことがないので、どんな家に住んでいるのかは知らなかった。

「ほら、なにも言えないじゃない」

にんまりと笑いながら、香奈枝は髪を掻きあげた。

「なにも知らないで結婚なんて無謀だよ。あーばかばかしい。騙されてるのも知らないで」

「騙されてなんかいないっ！」

背筋をぴんと伸ばして、香奈枝のほうに顔を向ける。

にたにたと香奈枝は笑っている。

「一度彼女に会えば、香奈枝もきっとわかるはずだ」

「へえ。じゃ、会うわよ」

こちらが拍子抜けするほど、あっさりと香奈枝は返してきた。

「会ってその女の悪事を暴いてやる」

「悪事だって？」

「そうよ。年寄りを騙して金を奪おうとしてんのよ。化けの皮を引っぺがしてやる！」

両手を腰に当て、背筋を反らし、香奈枝は自信満々だった。

「留子さんを犯罪者のように言うとはなにごとだ。彼女は可憐《かれん》でやさしい人だ」

おえ、とのど元を押さえ、吐き出す仕草を香奈枝はした。

「騙されると本当になにも見えなくなるのね。あー、かわいそ。まあ、わたしに任せておきなさい。魂胆を見破ってやるわ」

おーほほほほ、と香奈枝の高笑いが部屋じゅうに響いた。

なにか言い返してやろうかとも思ったが、面倒になってやめた。

留子に会いさえすればなにもかもはっきりするし、香奈枝も納得する。

理由はともかく会ってもいいと言うなら会わせればいいだけだ。

スマホに手を伸ばし、指を動かす。留子に顔合わせはいつにするか聞くためだ。

無言でスマホを操っていると、香奈枝が首を伸ばして覗き込んできた。

「本気なのね？」

それまでとはうって変わった落ち着いた低い声だった。

「もちろんだ。留子さんに会えば、香奈枝にもよくわかる」

「そうね、全部わかるわ。あー、その日が楽しみだわ。わたしはいつでもかまわないから」

口に手を当てて笑っている。

メールを送ると、すぐに留子から返信がきた。

早いほうがいいので明後日などどうかと言うので、それで了承する。

夜は厳しいので、やはり昼がいいと言う。

そうしましょう、と返事を打つ手がぴたりと止まる。

そういえば留子はいつも昼に会いたがる。旅行を除けば夜に会ったことはこれまで一度もない。

はて、と疑問符が頭に浮かぶが、まあいいやと自分を納得させる。

家庭の事情もあるのだ。

みんな事情を抱えている。そんなものはこの公団に住んでいればよくわかる。

送信ボタンを押してから、香奈枝を見た。

「じゃ、明後日の昼。お互い会いやすい新宿にしたから」

「新宿でも池袋《いけぶくろ》でもどこでもけっこうよ。あー、楽しみ。じじぃを騙す好色女ってどんな顔をしているのかしらあ」

こたつに手をついて立ち上がった香奈枝は、ふらふらと踊るように両手を振って、その場から出ていった。

当日驚くなよ。

心の中でひそかに笑う。

留子は人を騙すような女性じゃない。それはわたしが一番よく知っている。

「留子さん……」

ぽつんとつぶやくと、留子の笑顔が見えた。

一日だってもう離れていたくなかった。

15　留子

にたにたと笑いながら、部屋を出ようとしていた正則が再び近づいてきた。

「今度はね、あなたに本気でがんばってもらわなきゃならないわ」

ぎゅっとスマホを握りしめる。

「おれはいつでも本気だよ。で、今度こそ娘が来るんだろうね？　追い返されたりしないだろうね？」

一度追い返されている。正則としても相手の女を見てみたいのだ。

こくりとうなずく。

「で、次は娘との見合いになるの？」

「違うわ」

静かに首を振る。

「わたしと川野さんが結婚するから家族の顔合わせよ」

ひゅうっと正則は唇を尖らせた。

「やるねえ」

顔を歪めて笑みを浮かべている正則が金の亡者に見えた。

人間ほしいもののためならなんだってできるのだ。

「わたしとしてもここが勝負どころよ。あなたは娘に気に入られるように努力してちょうだい。あなたのせいで破談になったら、今まで払ったお金を全部返してもらうわよ」

はっきりと言い切った。ここで失敗すれば正則に渡した金はすべて無駄になる。みすみす金をどぶに捨てる気はない。

「わかってるよ。こっちも生活がかかっているんでね」

両肩を持ち上げて、わざとおどけている。この男も油断ならない。もっと金を引き出すつもりでいるのかもしれない。だが頼りは正則だけだ。

「隼人、リビングでテレビを見ててちょうだい。ミニカーで遊んでてもいい。ばあちゃんはこのおじちゃんとお話があるの」

ベッドを覗き込んでいる隼人の肩を抱く。

「うん」

聞き分けのいい隼人は部屋から出ていった。

「子供には聞かせたくないわな。奥さんが嘘をつくところなんか」

へ、と笑いながら鼻の下をこすっている。

いやな場所をつつく男だ。弱みを握っているつもりでいるに違いない。

「隼人のことはあなたには関係ないでしょ。それよりも明後日、新宿駅に十一時に待ち合わせよ。あなたとはそうね、十時半に赤羽駅で落ち合ってから行くということでどうかしら」

「おれはいいですよ。ところでどうして結婚まで話が進んだんです」

それが聞きたくてうずうずしていたのだろう。正則の瞳の奥が光った気がした。

経過まで教えるつもりはないが、ある程度の情報は入れておかなければならない。ぼろを出されて困るのは、ほかでもない、自分自身だ。

簡単に幸三との結婚話の進み具合を説明する。

「ふーん、じゃ、みんなで暮らすんだ。でもいいんですか？　おれはあんたたちが結婚してもみんなとは暮らさないよ。身代わりはその時点で終了だ」

「わかってるわ。そのときまでにはなにか方法を考えるから。あなたは当日、ちゃんと秋之の役をやってくれればいいのよ」

「いいけど、どんな娘なんです？」

そう言われたが、短大卒業で家事手伝いくらいしかわたしの記憶には残っていない。趣味も忘れてしまった。写真は見たが、性格まで写っているわけではない。

「家事手伝いだって聞いてるわ。きっと世間知らずよ」

仕事をしていないから、それだけはわかる。

「ふーん、まあ、いいけどね。どんなのでも。まあ、奥さんにとっては次が勝負って感じなんだな」

顎に手を当てて、正則はじっとなにかを考えていた。

「まあ、そうなるわね」

嘘をついたところで、どうせ丸見えだ。真実を言うしかない。

「さすがに三千円じゃあやる気しないなあ」

天井を見上げながら、正則はぽつんとつぶやく。

金額の交渉を仕掛ける気なんだ。悔しいが、ここは大人しく従うしかない。

「日給二万円で手を打って」

「いいよ、それで。じゃ、当日はスーツでも着てくるよ。今日はこれで。なにかあったらまたメールしてよ」

「頼んだわよ」

悠然として部屋を出ていく正則を見送りながら、なぜか腹立たしい気持ちになっていた。

秋之のそばを離れ、リビングに行くと大人しく隼人がミニカーで遊んでいる。

「ばあちゃん」

ミニカーに夢中になっていたはずなのに、わたしが姿を見せるとすぐに駆け寄ってきた。

隼人をぎゅっと抱きしめる。

この子のためにも絶対に失敗は許されない。

幸三はともかく娘はどういう人なのか全くといっていいほどわからないが、五十近くまで嫁にもいかず仕事もしなかった女性なら、温室育ちでのんびりしているはずだ。

そうなれば下手な作戦を練るよりも金をちらつかせたほうがいい。

正則の態度が示すとおり人間最後は金だ。幸いわが家はさほどお金には困っていない。だからといって一生遊んで暮らして、隼人を大学まで行かせられるかと問われれば不安が残る。

金はいくらあってもいい。

熱海だか伊豆だかに家を買うならこの家は不要になる。貯金はあるが手っ取り早く現金をもっと増やすならこの家を売ったほうがいい。

「ちょっとお出かけしようか」

隼人を抱きしめながら囁く。

「うん」

すぐに隼人を連れて大五郎が営む不動産屋に赴《おもむ》く。

店に顔を出すと、大五郎は眉間にしわを寄せて読んでいた新聞を机の上に置いた。

「おいおい、さっき連れて帰ったばかりじゃねえか」

また隼人を預けにきたと思ったらしい。それほどわたしは加寿子に頼り切りでいるのだと改めて知らされた気分になった。

「いやあねえ、違うわよ。今度はお客として来たのよう」

笑いながら右手を振る。

「客ぅ？」

この言い方にも驚いたようで、大五郎が目を剝いている。

「そうなのよ。あ、座っていい？」

誰も客がいない不動産屋の店内は相変わらず事務員がいるだけだった。

空いていた客用のいすに腰かける。隼人は膝の上に抱いた。

「で、お客様の用事ってのはなんだい」

興味なさそうに大五郎は聞いてきた。

「あのね、わたし、今の家を売ろうと思うのよ。そうしたらいくらになるのかと思って」

「あの家を売るだあ」

かなり驚いたのか大五郎の声が裏返った。

奥のほうに座っていた大五郎は新聞をたたむとすぐにわたしの前にあるいすに移動してきた。

「そりゃあ、大事な話だ。一体なにがあったんだ。あの家はな、言ってみりゃあ米倉家が代々住んできた場所だ。旦那様にも世話になったし、おれもなにかと面倒をみてきた。それは知ってるだろう？」

「ええ、知ってるわ。だからこそ大五郎さんに頼みにきたんじゃない」

すまして答える。

「それならいいけどよ。突然どうしたんだよ」

真顔で尋ねられて返答に困った。結婚話は本決まりにはなっていない。真実を話すのはまだ早い。大五郎に心配をかけてしまう。大五郎に話せば、加寿子にも筒抜けだ。そうなると加寿子も心配させる結果になってしまう。

「将来を考えてよ。今すぐにってわけじゃないわ。隼人が大きくなったときになにかとお金は必要になるでしょう。だいたいでいいのよ。いくらくらいになるかしら」

捻《ひね》り出した言い訳を大五郎は本気にしたらしく、頬が緩んだ。

「まあ、そうだわな。小さな子を抱えてちゃ、いろいろ心配だもんな」

納得したようにうなずく大五郎を目にして、ちくりと胸が痛んだが、詐欺師ならどんな出来事にも冷静でなければいけないと言い聞かせながら、心の中で大五郎に謝った。

「そうだなあ、まあ、ざっとだけど、五千万くらいかなあ。建物が少し古いから土地代だけのざっくりした見積もりになるけど」

眉間にしわを寄せて唸りながら、大五郎は頭の中でそろばんをはじいたらしい。

「五千万円……」

正直微妙な金額だった。もう少し高いのではないかと思っていたのだ。建物が古いと言われれば返す言葉はない。もう三十年以上も経っている。

「まあ、留子ちゃんが本気で売りに出すときはなんとかがんばってみるけど、だいたいそんなものだと考えていればいいよ。それより下になるっていうのはないと思う」

「そう」

決して高額とは言えないが、さほど安いとも思わない。幸三なら大金が入ったと喜ぶはずだ。娘も納得するはずだ。なにしろ世間知らずな娘に決まっているのだから。

「それよりも訪問看護師の話だけど」

突然、まったく違う方に話題がふられた。

「ええ、なに？」

「この前ちらっと言ってただろう。看護師がなんとかーって。知り合いにケアマネジャーをやっている人がいてさ。客なんだけど、留子ちゃんの話をしたらちょっとおかしいって言ってたぜ」

「おかしいって？　お茶を飲んでるのが？」

「普通は時間いっぱい仕事をするそうだよ。それに交代を希望したからってクレーマー家族にはならないようだぞ。だからもう少しまともなのに来てもらえよ」

「そうねえ」

曖昧に返事をする。確かにお茶ばかり飲んでいる看護師で腹が立って仕方ないが、それでも何年も通ってきた人だ。少しばかりの情もある。いくらなんでもゴミを捨てるみたいな真似はやはり心が痛む。

「少し考えてみるわ」

「それがいいよ。夕飯でも食ってくか」

大五郎に声をかけられて、ガラス張りの向こう側を見れば、いつの間にか陽が傾いていた。

「ううん、いつもお世話になってばかりはよくないから。ここまで来たついでよ。なにか買って帰るわ」

「そうか。うちのが喜ぶんだけどな。隼人ちゃんがいると」

手を伸ばして大五郎は隼人の頭を撫でている。怖がりもしないばかりかきゃらきゃらと笑って喜んでいる。

「じゃ、今日はこれで」

音をたてずにいすから立ち上がる。

「おう。いつでもまた来てくれよ」

「ありがとう」

礼を言って隼人と二人で外に出ると、見上げた空が真っ赤だった。日差しも、柔らかい赤みを帯びた光に感じる。

その光の中、隼人と手をつないで商店街を歩き、途中にあった八百屋と魚屋に寄って夕食の材料を購入する。

もう少しの辛抱、と言い聞かせながら、隼人と二人で家までの道のりを歩いていった。

16　幸三

顔合わせの日、香奈枝は朝からご機嫌だった。朝食には珍しく焼き魚にのりとおしんこ、みそ汁のほかにデザートだと言って羊羹《ようかん》がついた。

後片づけのときは鼻歌まで聞こえてきて、見ているこちらのほうが気味が悪くなるありさまだ。

いつもとあまりに違うので、居心地が悪かったが、約束の時間に間に合うように支度をする。スーツにしようと思ったが、あまりかしこまるのもどうかと思い、ノーネクタイにしてブレザーを羽織った。

出かける時間が近づいてきたので、香奈枝を呼びに部屋まで行くと真っ赤なスーツを着た香奈枝が鏡の前にいた。

大きな肩パッドが入った、タイトスカートのスーツは時代遅れもいいところだったが、普段家から出ない香奈枝には何十年も前に買った服しかなかったのだ。

「そろそろ出かけるぞ」

「あら、そんな時間？」

振り返った香奈枝を見て声をあげそうになった。

慌てて口元を押さえ、悲鳴を呑み込む。

どこの化け物かと思った。

スーツのサイズが合っていないのは明らかで、ぴちぴちだった。かろうじて留めたらしいボタンは今にも弾け飛びそうだ。

膝上のタイトスカートから覗く足はむちむちしていて、どこがふくらはぎでどこが足首なのかわからない。

拍車をかけているのは顔で、普段しない化粧なら薄くしておけばいいものを、ブルーのアイシャドーを塗りたくり、アイラインはクマのようにしか見えず、おてもやんかと言いたくなるほど頬紅をさしている。

真っ赤に塗りたくられた唇は、生肉でも食べたのかと思うほど毒々しい。

「気合を入れておしゃれしたわ」

片手を頭の後ろにやり、体をくねらせている。色っぽい姿だと言いたいらしいが、化け物が目の前にいるようで気分が悪くなった。

「そうか」

それ以外になんて言っていいのかわからなかった。

今更化粧を落としている時間もなければ着替えている時間もない。このまま行くより仕方ないと、香奈枝と連れ立って外に出た。

香奈枝は意気揚々と数歩前を歩き、わたしはうなだれてバス停までの道のりを歩いた。まだ四月なのに、暖かいというよりは初夏の陽気で、歩いているうちに汗が浮かんできた。

今日の香奈枝の姿を見たら、留子は驚くはずだ。かといってもうどうにもしようがない。

今日が大切な日だから、香奈枝も気合を入れたのだ。入れ方が間違っている気がしたが。

時間通りにやってきたバスに乗り込み、駅に向かう。ありがたいことに、ほかに乗客はいなかった。

こんな香奈枝の姿を見られるのは、ごく限られた人だけで済ませたかった。

停留所が近づくたびに、誰も乗ってきませんようにと祈り続けていた。そんなわたしのとなりで香奈枝は吠える。

「どんなばばあに会うのか楽しみね、化けの皮を引っぺがしてやる!」

呪いじみた言葉を延々と繰り返す。しかも嬉々として。頰紅のせいでそれでなくてもおてもやんになっている頰を上気させながら。

こんなに生き生きとしている香奈枝は初めて見る気がする。この威勢の良さを就職活動にでも使っていれば、もっと別な生き方をしていたはずだ。もっとも香奈枝のおかげで留子に出会えたのだからあまり文句も言えない。

香奈枝が文句を言おうが、吠えようが、留子がなんとも思わず、笑い飛ばしてくれればそれで済む。だがそう思惑通りうまくいくだろうか。

祈るよりほかに方法はなく、新宿駅に着いた。

香奈枝を連れて、予約していた店まで歩いていく。

ビルの三階にある和食の店は、昼時なのにすいていた。木目のカウンターに数人の客がいるだけだ。見える範囲にあるテーブル席はどこも空っぽだった。

あまり繁盛《はんじょう》しているとは思えない店だが個室を頼んでおいた。個室とは名ばかりで、衝立《ついたて》で囲んであるだけのテーブル席だった。腰かけようとすると留子と秋之がやってきた。

今日も留子の美しさは目を引いた。

春用のコートの下から、一足早く夏を思わせる水色のスカートが見えた。

「お待たせしました」

満面の笑みで留子が、頭を下げる。スカートの裾《すそ》がゆらゆらと揺れている。

留子の目には香奈枝の姿ももちろん目に入ったはずだが、笑顔はいつものままだった。化け物じみた香奈枝を見ても驚いた様子もない。

留子のとなりにいた秋之は、好青年そのもののぱりっとしたスーツを着ていた。ブレザーでは失敗したかと思ったが、後の祭りだ。

まずは紹介だと、となりにいた香奈枝の腰のあたりに手を置いた。

「これが娘の香奈枝です」

そう言いながら、背筋に冷や汗が流れた。おてもやんの娘が恥ずかしくてならなかった。

「香奈枝です」

恐ろしいくらい無愛想だった。笑みくらい浮かべたってばちは当たらないだろうにと、恥ずかしさに拍車がかかる。

「まあ、かわいらしいお嬢さん」

にっこりと留子は微笑んだ。

本心からではないと思ったが、留子の心遣いがうれしかった。

テーブルについてとりあえず瓶ビールを二本注文した。そのビールが届かないうちに、香奈枝はマシンガントークを開始した。

「うちには財産はありませんよ」

前置きもなにもなく、香奈枝は切り込んだ。思わず香奈枝のスーツのジャケットの裾を指先で摑む。

「団地暮らしでねえ、年金生活なんですよ。お金もなければ土地も家もない。なんにもない家なんです。あなたがうちの財産狙いだっていうのはわかりますけどね、あいにくゼロなんです。親子が生活していくだけで精一杯なんですよ。あてが外れたでしょうけどね、これが現実なんです」

早口にまくしたてる香奈枝の話を、向かい側にいた留子は笑顔を崩さずに黙って聞いていた。秋之も同じで、届けられたおしぼりで両手をにこやかに拭いている。

「だいたいばばあのくせに金をほしがってるのがね、見え見えなんですよ。そういうのなんて言うか知ってます？　後妻業って言うんですよ。今、はやりの。でも残念でしたね」

聞いているこちらが恥ずかしくなるほど香奈枝は無遠慮で品がなかった。

「まんまと父を騙したと思って喜んでいたんでしょうけど、おあいにく様でしたね。うちはね、父一人、子一人でね、わたしはずっと父の世話をしてきたんですよ。亡くなった母の代わりに。わたしがいるうちは再婚なんてばかげた真似はさせませんから。まして財産狙いのばばあなんか。うちの財産がほしいんでしょ。そうはっきり言いなさいよっ！」

嚙みつく勢いでしゃべり続ける香奈枝の頭を引っぱたきたくなった。実際、手を振り上げた。

「おほほほほ」

口元に指を当てて、留子は笑った。決して香奈枝をばかにした笑いではなかった。いつものやさしい留子の笑い方だった。

振り上げた手が宙で止まる。

「おもしろいことをおっしゃるお嬢さんね、ねえ、秋之」

小首を傾げて、となりにいる秋之に語りかけている。

「ええ、お母さん。一体なんの話をしているんでしょうねえ」

二人は目を合わせて笑った。

「え、だって、あなた、うちの財産を狙って父に近づいたんでしょ?」

「ま、失礼ね」

そう言いながらも留子の笑顔は崩れない。

「わたし、幸三さんからお金をもらおうなんて、まして財産がほしいなんて一言も言いませんでしたよ。わたしは幸三さんが好きだから一緒になろうと思ったのよ。だってわたし、そんなにお金に困ってませんから」

「嘘つかないでよ!」

「嘘なんかついたってなんの得もないじゃありませんか。それに嘘はいつかばれますよ。だったら最初から正直にお話ししていたほうがいいじゃないですか」

「怪しい。怪しすぎる!」

胡散《うさん》臭そうに香奈枝は、留子を見つめている。

「そう言われても全部本当なのよ」

「ほら、留子さんはやさしい人なんだよ」

どうだ、まいったか、と言わんばかりに、自分の胸を叩く。

「本当に、わたし、幸三さんのお金なんてこれっぽっちもあてにしてないのよ。だってわたし、お金には不自由していませんもの」

穏やかに言葉を繰り出す留子の顔が、マリア様のように見えた。

逆に化粧をした香奈枝の表情が醜《みにく》く強張り、般若《はんにゃ》へと変わっていく。

化けの皮をはがすどころか、逆にやり返されて、困惑しているのがありありと見て取れた。

香奈枝の戸惑いが伝わってくる。

頬を引きつらせる香奈枝の前で、留子はにこにこと笑っていた。

若いウェイターが瓶ビールを二本持ってきた。

にっこり笑顔で留子はグラスにビールを注ぎ、乾杯しようとした。

あけすけな物言いをした香奈枝に気分を害した素振りもなく、秋之も機嫌よくグラスを持つ。四人で乾杯しようとしたが、香奈枝だけは腕を伸ばさず、グラスを握ろうともしなかった。

一口だけ口をつけたグラスを留子はテーブルに置いた。

「香奈枝さん、わたしは幸三さんを本当に心の底からいい人だと思ってるの。確かにわたしたちに残された時間は少ないわ。でもそんな時間しか残っていないからこそ、お互いを大切にして生きようと思ったの」

労《いた》わりに満ちていた。まさか留子がこれほど自分を思っていてくれたとは思わず、じんと胸が熱くなったばかりか涙が滲んできそうになった。慌てておしぼりで目のあたりを拭う。

「だからできるだけのことはしてあげたいの。幸三さんが田舎に家を買いたいというのなら協力は惜しまないわ。自宅を売ってもいいとすら思っているの」

我が耳を疑った。これまで何度か会ってきたが、そんな話は聞いていなかった。無理をさせるつもりもなかった。

「留子さん、そこまでしなくても」

「いえ、わたしはもう決めたんです。実はこの前、知り合いの不動産屋さんで相談したのよ。土地代くらいにしかならないけれど、田舎に家を買ってもまだ少し余りそうなの。貯金もあるし、亡くなった夫が残した不動産もあるわ。それに秋之も働いている。秋之はね、わたしたちと一緒に暮らすのを賛成しているの。田舎に引っ越すならそこから通ってもいいし、ほかの職場を探してもいいって。ね、秋之」

「え、ええ。そうです。お母さんの幸せのためですから。どうでしょう、香奈枝さん。ぼくたち二人でお父さんたちを幸せにしてあげようと思いませんか」

心が震えた。

留子だけではなく、秋之ですら自分たちを応援してくれていた。しかも家まで売ってもいいという。

辛抱がきかなくなり、嗚咽《おえつ》が漏れた。

おしぼりを握りしめ、今にも垂れてきそうな鼻水を拭う。

なんていい人たちなんだ。それに比べて、香奈枝は親の心を知らない薄情な娘だと情けなくなってくる。

ううう、と声を漏らしていると、香奈枝がテーブルに肘《ひじ》をついているのが見えた。

「わかりました。でもね、わたしはお父さんみたいなお人よしじゃないわ。わたしは本当にそんな家があるのかどうかこの目で確かめるまではあなたたちを信用しませんっ！」

息が止まるかと思うほどの衝撃を受けた。

真摯《しんし》な二人の前でなんという情けない言葉を吐くのだ。叱りつけたいが、怒りが全身を駆け抜け、血液が沸騰してきて、声にはならなかった。

「その通りですね。香奈枝さんは賢いわ。それならぜひ一度家に遊びに来てくださいな。そうすればわたしが言っていることが本当だとわかってもらえると思うの。わたしたちの暮らしぶりも見ていただけばいいわ。いかがかしら」

物おじせずに返してきたのだから真実に違いない。そう確信したが、香奈枝はまだ疑ってかかっている。

「嘘臭いわっ！」

叩きつけるように言うと、香奈枝はそっぽを向いた。

「留子さん、申しわけない」

声を震わせながら、詫びをいれる。

「いえいえ、当然ですわ。なにしろ大切なお父さまですもの」

大切な金づるだからだが、そこまで言う必要はない。

ただ留子のやさしさが心に染みて痛かった。

留子はやはりいい人なのだ。それがしっかりと心に刻まれた。

喜びに震えるわたしのとなりで、なにを思ったのか、香奈枝はグラスを掴むと一気にビールを飲み干した。

「なんか納得できないっ！」

グラスを置くと同時に香奈枝は吠えるように言った。

「売る家が本当にあるのも信じられないし、お父さんのどこがいいのかもわからない。家をちゃんと確かめるわ。確かに嘘はいつかばれますからね」

そう言うとビール瓶を引き寄せ、なみなみとグラスに注ぐとまた飲み干した。

「本気で行きますよ、わたし」

あくまでも嘘だと信じる香奈枝の語尾は強かったが、留子は顔色ひとつ変えなかった。

「ええ、かまいませんよ。早い方がいいでしょう。いつになさいます」

あくまでも笑みを絶やさない留子に、グラスを握る香奈枝の手が震え始めた。

「そ、それなら今日！」

悔しまぎれにも取れる香奈枝の言い方だった。

「おいおい、さすがに今日は無理だろう」

背筋だけではなく、こめかみからも汗が流れてきた。どこの家だって子供じゃあるまいし、今日いいですよ、などと簡単に言うはずがない。

常識はずれにもほどがある、と思わず香奈枝をたしなめた。

「そんなことないわよ。家を見るだけだもん。どうですか、今日！」

「さすがに今日の今日はねえ。汚れた家はお見せしたくないし、せっかくいらっしゃるならランチくらいごちそうしたいですわ。せめて明日でどうでしょう。十二時くらいに合わせて来ていただけますか。住所はあとで幸三さんに送ります。バスでの行き方とかも」

「そうだよ、香奈枝。あまり非常識な行動は慎《つつし》んだほうがいい。明日にしよう」

「明日ね、まあ、そうね、それでもいいけど。わたしは家が見たいだけなんだけどね」

「なおさらきれいな家をお見せしたいわ。明日、いらっしゃいな」

「そうだよ、香奈枝。明日がいい。明日だ、な、そうしよう」

「わかったわよ、明日ね」

渋々納得しながらも、香奈枝はぐびりとビールを飲んだ。

今日の顔合わせがうまくいったのかどうかわからなかった。

言いたいことだけを言った香奈枝は、後で注文した料理を黙々と食べ、ひたすらビールを飲み続けた。

秋之ですらほとんど飲まなかったのに。

二時間程度でお開きになった。香奈枝がもうなにも言わなかったので会話も弾まなかったが、留子は笑みを絶やさず、明日を楽しみにしていると言って、秋之と二人で帰っていった。

むっとしたまま頬を膨らませている香奈枝と二人で取り残された。会話はない。帰りの電車の中でも香奈枝はずっと眉間にしわを寄せていた。

17　留子

ぺろり、と正則は上唇を舐《な》めて、二万円を財布の中にしまった。

「まいどあり」

うれしそうに正則はにやついた。

「助かったわ。この調子で明日もよろしくね」

二万円ぽっちなら懐は痛まないが、正則にくれてやるのはなにか悔しかった。ただ現実的には正則がいなければ今日は乗り切れなかった。ここは素直に感謝しなければならないのに、なぜか口調は無愛想になってしまった。

それはたぶん、正則という人間を心底信用できていないからだ。

金をやりとりする場所を隼人には見せたくなくて、まだ加寿子の家に預けたままでいる。

二人きりでエアコンも入れていないリビングにいると息がつまりそうになる。かといって、身代わりを頼んでいることは誰にも知られたくないとなれば、やはり家に連れてくるしかなかった。

壁に耳あり、障子に目ありだ。

「本当に家に呼ぶの？」

財布を上着のポケットに正則は突っ込んでいる。

「仕方ないでしょ。遅かれ早かれ、そういうときがくるのよ。だからあなたも気合入れてがんばってちょうだい」

「でも、明日って急だよね」

上から見下ろされる。

「一日だって早いほうがいいから」

「明日、仕事が入ってるんだよねえ」

調子はずれな歌でもうたうように、正則は言った。

「そっちは断って。どうせヘルパーの仕事でしょ」

「いいよ。そのかわり……」

ぱっと正則は片手を広げ、目の前に突き出してきた。

「なによ。どういう意味？」

「ちょっと奥さん。まさかたった二万円ぽっちでこれ以上身代わりをさせようっていうの？　日給二万円って言ったよね。それに次は家に呼ぶんでしょ？　秋之さんが寝てる家に。おれはね、正直もう詐欺まがいの手伝いはしたくないの」

にたり、と正則の唇が歪む。

「だからこれで」

さらに広げたままの手のひらを前に突き出した。

「これでって……」

「五万。安いもんでしょ。おれだってリスク背負ってるんだよ。妻や子供に詐欺の手伝いしてるなんて知られたくないの」

両手をポケットに突っ込み、くるくると正則はわたしの周囲を回り始めた。

値踏みするように見つめられる。

「泣くよね、もし詐欺を手伝ってるって知ったら。今だったらまだ引き返せるんだけどなあ」

爬虫類のように目をぎらぎらと光らせながら。ぐるぐると正則は回っている。

「だからさ。五万円で手を打とうっていうの」

ぴたっと正則の足が止まり、顔を覗き込まれた。

両脇に添えた手がぶるぶると震え出した。

脅《おど》している。わかっていてもほかに身代わりは頼めない。道はひとつしかなかった。

「わかったわ。五万円で手を打ちましょう」

一息に言い放つ。

「明日一日の日給だよ」

「わかってるわ。そのかわり口止め料も込み。うまくいかなかったら払わない」

精一杯の譲歩だ。

「いいよ。おれはへまをしない。それよりも二人が来ている間、秋之さんはどうするの？」

「そんなのあなたの知ったことじゃないわ。わたしが考える。今日はもう帰って。あなたがいると隼人を迎えにいけないじゃない」

「わかったよ。で、明日は何時に来ればいい？　一緒に暮らしているんだから二人よりも早く来た方がいいよね？」

「十時にお願い。わたしは迎える準備もあるから、時間まで秋之を看てて」

「介護料は入ってないでしょ。五万円に」

「六万円で！」

面倒になって叩きつけた。

「ＯＫ。じゃ、明日」

ポケットに手を突っ込んだまま正則はリビングを出ていくが、見送らなかった。

なんだかむしょうに悔しくて情けなかった。秋之さえ元気になってくれればこんな思いはしなくて済んだ。

今は辛抱するしかない。

明日を無事に乗り越えられればいい。あとはそれから考えるしかない。

隼人を迎えに行かなければと思いながら足が動かず、しばらくの間、リビングに突っ立っていた。

煮えくりかえる思いがして、ぎりっと奥歯を嚙みしめる。

結局は金だ。人間、金次第でどうとでも動くのだ。それを正則が証明してくれた。

恐らく香奈枝もそうなのだろう。

かわいいだのなんだのと褒めてやったが、あの顔を見ればこれまで結婚できなかったのがよくわかる。

日頃は化粧もろくにしないのがばればれだった。

厚塗りしすぎたファンデーション、チークをはたきすぎた頰。何十年も前に買ったような服。

本人は精一杯おしゃれをしたつもりらしいが、あれでは自分の恥をさらして歩いているようなものだ。

頭の中身も見えてくる。

きっと金でほっぺたをひっぱたけばどうとでもなる。

香奈枝の攻略方法は簡単に思えた。

問題は秋之だが、家の中を歩き回ったりはしないのだから部屋に閉じ込めておけばいい。

客としてやってきて、人さまの家の中を見て回る無礼な人はいないはずだ。

なんとかなる。

心が決まると、冷静さが戻ってきた。

早く隼人を迎えに行かなければと慌てて外に出る。

加寿子には三時までとお願いしていたが、四時を過ぎてしまっている。

夕方に向けて人が集まり始めた商店街を歩き、大五郎の店に飛び込んだ。今日は珍しく客がいて、大五郎が相手をしている。

上客なのかもしれない。

「留子ちゃん、ちょうどいいところに。こちらケアマネジャーをやっている桜井《さくらい》さん」

大五郎がそう言うと女性はいすから立ち上がった。五十代前半といったところだろうか。ショートカットの髪がエアコンの風にふわりと揺れた。

「桜井さん、こちらが先日話をした自宅介護している米倉留子さん」

「こんにちは、桜井です」

「米倉です」

「どうかな、桜井さん。少し話を聞いてやってくれないか」

「かまいませんよ」

「待ってよ。わたしは隼人を迎えに来ただけなのよ」

「いいじゃねえか。少しだよ。ここに座りな」

繰り返し言われて、桜井のとなりに腰を降ろした。

「お話は伺いました。お茶を飲んでる看護師さん。あまりいいイメージはないですね。どこの訪問看護ステーションを使っているんですか？」

「赤羽駅前にあるステーションです。ケアマネさんもそこの方です」

「ケアマネさんに相談は？」

「いえ、していないです。初めてだからこんな感じにみんなやっているのかと思って」

「それはないですよ。一度ケアマネさんに連絡を取ってよく説明したほうがいいです。そうすればクレーマー扱いにならないと思いますから」

「そうでしょうか」

一抹の不安があるが、そういえば最近ケアマネと話をしていなかったなと気がついた。

「そうですよ。自宅介護に無理は厳禁です。少しでも楽になれるようにお手伝いするのがわたしたちの役目ですから。遠慮なさらないほうがいいですよ。そう言われませんでしたか？」

「いえ」と首を振る。

「とにかく一度ちゃんとお話ししたほうがいいですよ。うまくいかなかったらケアマネを代えるという方法もありますから」

「そうですねえ」

なんだかひどく面倒に感じた。お役所のすることだから時間ばかりかかる気がするのだ。実際、介護保険の申請をしたときも、介護度が決まるまでひと月ほどかかった。それからケアマネを捜して、訪問看護の手続きを取ってとひどく面倒だった覚えがある。それにどうせ幸三と結婚すれば訪問看護師もなにも必要がなくなる。すべて幸三の娘がするのだから。

「面倒かもしれませんが、一度やってしまえばそれで終わりですから」

まるでわたしの心を見透かしたように桜井はにっこりと微笑んだ。

「じゃ、まあ、そうしてみます。大五郎さん、わたし、隼人を迎えに来ただけだから」

「そうだったな。奥にいるよ」

促されてそのまま奥に行けば、加寿子が絵本を読み聞かせていた。

「あら、留子ちゃん」

絵本を持ったまま、加寿子は顔だけをこちらに向ける。

「遅くなってごめんなさい」

「いいのよ。時間なんて気にしないで。さあ、隼人ちゃん、ばあちゃんが来たわよ」

ぺたんと畳にしゃがみ込んでいた隼人は、尻を持ち上げてとことこと歩いてきた。

「遅くなってごめんね」

ぎゅっと隼人を抱きしめる。

「ねえ、加寿子ちゃん、悪いんだけど、明日もお願いできるかしら」

さすがに二日続けてというのは気が引けて、恐る恐る尋ねた。

「いいわよ。大丈夫」

まかせて、というように加寿子ちゃんは胸を張る。

「ごめんなさい。いつも加寿子ちゃんにばかり頼んで」

隼人を抱きながらそっと目を伏せる。

「いいのよ。ほかに当てだってないんでしょう？」

「そうだけど」

あったら加寿子ばかりに預けない。ほかに頼れる人もいなければ、預かってくれる場所もない。

世の中は子育てをしている人に対して、やさしくないと思い知らされる。けれどこんな苦労ももう少しだ。

「お互い様よ。予定があったらそのときはちゃんと断るから」

「ありがとう。明日はお弁当を持たせるわ」

　さすがに昼ご飯までまたお願いするのは気が引けた。今日も食べさせてもらっている。

「あら？　じゃ、明日もお昼どきなの？」

「え、ええ」

　昼に幸三親子を誘ったのはわたしだ。夜よりもマシだと思ったからだ。

「わかったわ。お弁当なんかいいわよ。うちで適当に食べさせるわ。気にしないで。それで何時頃来るの？」

「十時半頃」

　十時に正則が来るから秋之の介護を任せられる。

「わかったわ。じゃ、そのころ待ってるから」

「ありがとう。さあ、隼人帰ろうね」

　隼人の手を引いて、店に行くと大五郎はまだ客の相手をしていた。

　軽く会釈して大五郎の脇を通り、店を出た。

　商店街は来たときよりも活気に満ち、店の人が客を呼び込む声が響き、集まってきた客は一円でも安い商品を求めて品定めしている。

風にのってソースの香ばしいにおいが漂ってきた。

総菜屋の店先で女主人が焼きそばを焼いていた。コテを持つ女主人の手は女性とは思えないほど節くれだっていた。

この人にも苦労があるのだろう。

一人前、五百円の焼きそばをコツコツと売って一体どれくらいの儲けになるのか。金のありがたみをしみじみと感じると同時に、幸三の生活も想像してみた。楽な暮らしではないはずだ。そうでなければ、あんな型落ちの大昔に流行った服を香奈枝が着てくるわけがない。

金なんだ。

明日、一気に香奈枝の気持ちをこちらに向けるのだ。金をちらつかせながら。秋之の存在だけは知られてはいけないが、きっとなんとかなるはずだ。

晴れた空を見上げる。

ソースの匂いが追いかけてきた。

こんなふうに金の匂いが漂う方法を考えなければ、と歩きながらぼんやりと思った。

一人残してきた秋之を気にしながらスーパーに寄り、明日の食材も買い求め、家に帰ってきた。買った食材は結構な量になった。幸三がよく香奈枝の料理に対して文句ばかり言っていたからだ。

これまでの主婦のキャリアを生かし、二人の胃袋を摑むためにごちそうをつくる予定だった。

冷蔵庫に食材をしまう前に、隼人にはビスケットを持たせてリビングに行かせ、テレビの前に座らせた。

おとなしく見始めたところで、春陽に電話をかける。

「こんにちはあ、なにかご用ですかあ」

無駄に明るい春陽の声だった。

「いえね、明日訪問の日だったでしょう」

足元に食材を置き、シンクの前に立って、スマホを耳に当てていた。

「そうですね。午後にお伺いしまーす」

「いえ、それだけどね」

慌てて口を挟む。

リビングからはアニメの軽快な音楽が流れている。

「明日は結構よ」

「は？　行かなくていいんですか？」

「ええ。明日は遠慮してもらいたいの。ちょっといろいろ用事があって」

「わかりました。では来週になりますがよろしいですか？」

自分の仕事がひとつ減って、ほっとしたような口調だった。

「かまわないわ。じゃ、とにかく明日は来ないでね」

終話ボタンをタップする。

これで一人邪魔者が消えた。

買ってきた食材を冷蔵庫にしまってから、すぐに食事の支度にとりかかる。

手を動かしながら、部屋にカギをかけられないかと考えたが、一般家庭の家にカギがついている部屋があるのもなにかおかしいと思えば、それもできない。二階に移動させるという方法もあるが、秋之を抱いて階段をのぼるのは難しいし、介護用のベッドもない。

このままで迎えるしかない。

明日は勝負だ。そして絶対に勝たなければならない。

18　幸三

今日の香奈枝もやっぱりおてもやんだった。服も昨日と色を変えただけにしか見えないきつきつのスーツだ。

「今日こそ、本性を暴いてやる」

居間の真ん中に立ち、手を腰に当てて、笑い声を上げる。

どう考えても勝ち目などないのに、と思いながら黙っている。どのみち家に行けば、はっきりするのだ。

「さ、お父さん出かけるわよ」

やはりずいぶん昔に買ったバッグを肩にかけて、香奈枝は玄関に向かった。

留子の家に行くのはうれしいが、なんだかテンションがあがらない。

とぼとぼと後ろからついていき、外に出ると、空が厚い雲で覆われていた。天気予報は曇りだったが、雨が降り出しそうだ。空気もなんだか湿気ていて、肌寒い。

昨日は暑いくらいだったので、やけに体感温度が低く感じられた。

寒さに震えながら、二人でバスに乗り、電車を乗り継ぎ、赤羽駅までやってきた。思い返してみれば赤羽駅に降り立ったのはずいぶんと前で、だいぶ様変わりしていた。

昨日留子から届いたメールの案内を頼りにしてバスに乗り、教えられた停留所で降りた。このあたりは閑静な住宅街らしい。平日のせいか子供もおらず、やたらと静かで新しい建物と古い建物が混在していた。ここからは徒歩で五分くらいだそうだが、バス通り沿いにあるというので、そのまま家に向かう。

立ち並ぶ一軒家の間にひとつだけ大きな家が目立った。ほかの家とは敷地の広さも違う。ほかはみんな敷地内いっぱいに建物が建っているが、その家だけは違った。遠目から見ても別格な造りの家を目印にして歩いていくと、その家の前で香奈枝が足を止めた。

ぼうっと香奈枝は家を見上げている。

まさか、と思って表札を確かめると確かに、「米倉」と掲げられていて驚いた。

改めて家を見る。

塀に囲まれた家の前には駐車場があった。しかも三台はゆうに停められそうなスペースだ。敷地は他の家の三戸分はあるのではないかと思うほど広壮な家だった。

思わずごくりと唾を呑み込んでしまった。

「ここだ」

ぽつんとつぶやく。

「まさか」

さすがに香奈枝の顔色が変わり表札を凝視している。

「間違いない」

メールで送られてきた地図も住所もここを示している。

留子の佇《たたず》まいから裕福な奥様生活は見て取れたが、まさかここまでとは考えていなかった。

「嘘でしょ」

香奈枝も圧倒され驚いているのだ。なんとなく体が引いている。

「いや、間違いない」

そう言ってからインターフォンをゆっくりと押した。

「はーい」

返ってきた声は間違いなく留子のものだった。

玄関をくぐると、たたきはうちの風呂場よりも広かった。

掃除もきちんと行き届き、靴も整頓されている。

「いらっしゃい」

留子と一緒に出迎えてくれた秋之は、わざわざ仕事を休んでくれたのだろうか。今日は白いセーターを着ていた。昨日のスーツ姿とはうってかわったラフな格好だが、清潔感に溢れている。留子もいつものスーツやワンピースではなく、白のブラウスに動きやすそうなパンツスタイルだ。こちらもさわやかな雰囲気が醸《かも》し出されている。

やはり親子なんだなあ、と見とれているわたしのとなりで、香奈枝はきょろきょろとあたりを見回している。

外観もすごかったが、内装にも驚きを隠せないのだろう。

リビングに通されてまた驚いた。いったい何畳あるのか、自分の部屋と居間を合わせたくらいの広さだった。オープンキッチンでソファとテーブルが置かれている。

黄色の敷物が床には敷かれていた。カーテンもおそろいの淡い黄色だ。

「さ、幸三さん、どうぞお座りになって。香奈枝さんも」

留子はいすをすすめて、にこやかに微笑んだ。

「は、これはどうも」

これが一般家庭のリビングだろうか。オープンハウスと見間違うほど埃《ほこり》もなければゴミも落ちていない。

「お茶の支度をしますね」

いそいそと留子はキッチンにまわる。

「お母さん、せっかくだからビール」

気を利かせて秋之が言った。

「あら、そうね。昼間だけど、お客様ですものね」

冷蔵庫を開けてビールを取り出す留子の傍らで、秋之は棚からグラスを取り出している。淀みのない手つきだ。きっといつも手伝いをしているのだ。

感慨深く見つめてしまう。

茫然と周囲を見回している間にビールの支度がされ、まずは四人で乾杯した。一口だけ飲んだ留子はすぐに料理を並べ始めた。

サラダやローストビーフ、豚の角煮や切り干し大根といった和洋折衷の料理が並ぶ。

「全部手料理ですみません。お口に合わないかもしれないけど」

頰を少し赤らめてうつむく留子の向かい側で早速角煮をいただいた。

肉は柔らかく、味付けが絶妙だった。

「うまい！」

思わず叫んでいた。

「まあ、よかったわ。お口に合って。香奈枝さんも遠慮しないで箸を伸ばしてね」

促されても香奈枝は手をつけようとしなかった。先ほどまでのおどおどした様子はなく、表情が引き締まり、留子を睨みつけている。

この家を見てもまだ納得しないらしい。

「さ、香奈枝さん。食べてください。母は料理が得意なんですよ」

秋之にもすすめられたが、やはり手を出さない。

いくらなんでも大人げない、と香奈枝の脇腹を指でつつく。

「その前に確認したいことがあるんです」

和《なご》やかな場の雰囲気を壊すかのような尖った香奈枝の口調だった。

「この家は、本当にあなたの家なんですか」

留子の顔を胡散臭い目で見つめている。

「ええ、そうよ。もともとは亡くなった夫の両親が住んでいたのをわたしたち夫婦が引き継いだの。両親はこのあたりの地主だったから、この家のほかにもマンションを二棟経営しているの」

ぎょっと留子を見た。それは初耳だった。マンション経営をしているのなら生活はさほど大変ではないだろう。いや、相当裕福と考えて間違いない。

「だけど売るのはこの家だけにしようと思うのよ。マンションのほうはとっておいて、わたしたちの生活費に充《あ》てようと思うの。田舎に家を買えばここは誰も住まなくなるし、そうなると家が傷《いた》むでしょう。なにしろ土地だけはあったものだから使いもしない部屋が上にも三部屋あるの。二階建ては建てたころはよかったけど、今となってはね。秋之も一階のほうが階段の上り下りをしなくていいから楽でいいなんて言ってね。使っていたのは、秋之が子供のときだけよ」

のどの奥を転がすように、留子は笑った。

ちらっと香奈枝を見るとのど元が上下していた。

「だからね、この家を売っても生活には全然困らないの。一緒に四人で暮らすようになっても香奈枝さんや秋之に迷惑はかけないわ」

目の前がくらくらした。

マンション経営をして、その家賃収入で食べていけるなど考えてみたこともなかった。周囲にもいなかった。そんな人が今、自分の目の前にいて結婚まで考えてくれている事実にうれしさを通り越して感動すらしてしまう。

留子と結婚すれば大金持ちの仲間入りをするのだ。

これが噂《うわさ》の逆玉だろうか。

興奮のあまり鼻血が出そうになった。

「お義母《かあ》さまっ！」

香奈枝の声が弾けた。目がきらきらと輝いている。

「お義母さま、そう呼ばせてください。だって父と結婚してくださる方でしょう。それならお義母さまですわ」

らんらんと目を輝かせて、香奈枝は両手を胸の前で組んでいた。

それまでとはまるで掌《てのひら》を返したような態度で、半ば呆れたが、香奈枝にとっても夢のような話だったのだろう。

これでなにもかもうまくいく。

結婚もでき、公団から逃げ出せるばかりか、打ち出の小づちを手に入れられる。

夢なら覚めないでくれ。

心の中でそう叫んでいた。

香奈枝の放った「お義母さま！」が一瞬で場の緊張感を拭い去った。秋之と二人でビールはすすみ、以前人からいただいたという日本酒を留子が出してくれた。香奈枝は今まで見たことがないくらい上機嫌で、秋之と話に花を咲かせている。男性と仲良く話をする香奈枝の姿が見られる日がくるとは、とそれだけでも感無量だった。

盛り上がったついでに熱海に家を買おうというところまで、話はすすんだ。

「いいですねっ。うちはこのとおりお庭がないでしょ。亡くなった夫が全部駐車場にしてしまったから。だからお庭のある家を買って家庭菜園をやってみたいわ」

手を叩いて留子ははしゃいでいる。

「それならお義母さま、わたしも手伝います。あ、もちろん仕事も熱海で探します。観光地だからなにか仕事があると思うんですよう」

楽しそうに香奈枝が笑っている。これにも胸が熱くなった。あれだけ働きに出るのを嫌がっていた香奈枝が自ら仕事を探すと言い出すとは思いもしなかった。

実際に働かなくてもいい。その言葉だけで充分だった。

「いいのよ、香奈枝さん。あなたはこれまで通りで。無理にお仕事なんかしなくてもいいのよ。一緒に家事をして、幸三さんのお世話を手伝って。わたしじゃまだ行き届かないところもあるだろうから」

目頭が熱くなる。香奈枝などどうでもいいが、留子はわたしに尽くそうとしているのだ。

「ぼくは釣りがしたいなあ。あ、それと庭でバーベキューとか。釣ってきた魚をそのまま焼くなんていいなあ」

日本酒に切り替えた秋之の顔はほんのりと赤い。

「すてき。そしたらお義母さまと育てた野菜も一緒に焼きましょうよ。夢は膨らみますねっ」

四人でバーベキューをしているシーンが頭に浮かぶ。

これまでの公団生活では考えられない。しかし話があまりにもうまくいきすぎてやしないだろうか。それにこんな立派な家があるのならここで暮らしたほうが金を使わずに済む気がする。

日本酒のグラスを握りながら、周囲を見回し考えてしまった。

家を購入するにしても時間がかかる。こうなったら一日も早く結婚し生活を共にしたい。

「留子さん」

みんなが楽し気に会話する中に切り込んでいく。三人の視線が集中した。

「熱海に家を買うのもいいけれど、こんな立派な家があるのだからわたしはここで暮らしたほうが現実的ではないかと思う」

そうだ、そのほうがリアルだし、スムーズに話がすすむ。

「ええ、もちろんかまいません」

あれだけ熱海で盛り上がっていたのに、留子は反対意見を述べなかった。秋之もなにも言わなかった。一人だけ反対者が出た。香奈枝だ。

「駄目よっ！　新しい生活は新しい場所で始めてこそ意味があるんでしょ。わたしたち、四人でスタートを切るのよ。新しい家族になるのよ。新しい土地と家でわたしは始めたい。ねえ、お義母さま、そう思いませんか？」

「まあ、わたしはどちらでもかまわないのよ」

穏やかな口調だった。香奈枝を責めたりもしていない。

「ぼくもどちらでもいいですよ。お二人が幸せになるほうが大切ですし、香奈枝さんの気持ちも大切にしたい」

なんて思いやりに溢れた言い方をするのか。さすがは留子の息子だ。

「じゃ、熱海に引っ越しましょうよ。この家を売って。ね、お父さんもそれでいいわよね？」

腕を取られて揺すられた。

留子と秋之はどちらでもいい派だ。つまり香奈枝の意見でもかまわないという。

ぐっとグラスに残っていた日本酒を飲む。

「まあ、みんながそれでいいのなら」

一人反対する理由はどこにも見当たらなかった。

三人が納得しているのならそれでいいじゃないかと、考えはそこに辿り着いた。結婚すれば、それがたとえどんな場所であったとしてもこんな楽しい時間が待っているのだ。

料理と酒を堪能していると、香奈枝がトイレを借りたいと言い出した。

「すみませんけど、どこにあります？」

テーブルに手をついて立ち上がり、留子に尋ねている。

「玄関に続く廊下の途中に二つドアがあるけど、手前のほうね。間違えないでね。手前のドアよ」

「ありがとうございます」

礼を言ってその場を去り、三人が残された。

「さ、お義父さん、もう一杯」

秋之から日本酒の瓶を差し出され、慌ててグラスを持って注いでもらう。家では決してありえなかった出来事に喜びが体中に満ちてくる。

家では香奈枝と二人ぴりぴりと過ごしていた。そんな家庭とはもうおさらばだ。おまけにくだらない公団のもめごとや会議からも解放される。

どこで暮らそうがいいことずくめだ。

満ち足りた気持ちでグラスに口をつけ、日本酒をいただいていると、香奈枝の悲鳴が聞こえてきた。

ばたばたとスリッパの底を鳴らしながらリビングに戻ってきた香奈枝の顔は引きつっていた。

「お、お義母さま。あの男の人はなんなんですか。奥の部屋にいる人。あの人誰ですか。なんで？　この家にはお義母さまと秋之さんだけじゃないんですか。なんでもう一人いるんですか」

強張った顔で早口に香奈枝がまくしたてると、留子の顔が見る見るうちに青ざめていった。

「なんで、なんであの部屋を開けたんですか。香奈枝さんはトイレに行ったんでしょう」

ぶるぶると全身を震わせながら、留子は責めるように香奈枝を見た。

「ほかの部屋がどうなっているのか見たくて。そしたら男の人が寝てて。っていうか、あれ、寝てるんですか。違うんじゃないですか。だってあの部屋にはオムツとか手袋とか置いてあったもん。あの人、目の焦点も合ってなかったし。なんなんですか、一体！」

「留子さん、一体、どういうことなんですか」

疑問符がたくさん浮かんでいて、香奈枝同様、確かめずにはいられなかった。

「いえ、あの人は、その、知り合いから預かっている人で。ええ、そうなんです。家が狭いので預かってほしいと頼まれただけなんです」

額に玉のような汗を浮かべ、唾を飛ばして留子は説明をする。

「そうなんですよ。ほら、家が狭いと寝たきりの人の介護もできませんでしょう。ですから家でね、そうよね、秋之」

そばにいた秋之に応援を求めている。

「まあ、そうですねえ」

こちらはなんだか不貞腐れているようだ。鼻の頭を掻いたりしている。

「そうなのよ。ほら、一応身内になりますでしょ。だからね、こちらで。ええ、親戚なんですよ」

必死に説明をする留子の様子は明らかにおかしかった。

「留子さん、本当なんですか」

「ええ、そうですよ」

ぶんぶん、とわざとらしいほど首をたてに振っている。

「でもいくらなんでも寝たきりの人を預かるなんて」

香奈枝も首を傾げている。確かに香奈枝の言うとおりで、いくら親戚であったとしても寝たきりの人間の世話を引き受ける奇特な人がいるとは思えない。

「留子さん、本当にあなたはそんなことをしているんですか」

もしこれが真実ならば、これからの自分たちの生活にも影響を及ぼす可能性がある。人を預かって夫婦仲がこじれたらしゃれにならない。

留子の方がびくりと震える。

わあっと留子が声をあげて泣き出した。

泣きじゃくりながら、留子は声を絞り出した。

「すみません。あれが息子の秋之なんです」

両手で顔を覆って泣き出した留子を、茫然として眺めていた。

なにがなんだかさっぱりわからなかった。

19　留子

いすに座ったまま、身を震わせて泣いた。

みんなの視線が痛い。

なんてばかな娘だ。

あれだけ手前のドアだと言ったのに。無礼にも勝手にほかの部屋を開けるなんて常識に欠けている。やはりカギをつけておけばよかった。

後悔と呪いに似た気持ちが心の中をぐちゃぐちゃにかき回してくる。

受ける視線も痛ければ、心も痛い。

もうなにもかもおしまいだ。

「わーっ」

声をあげて泣いた。

「と、留子さん、一体、どういうわけなんですか。秋之くんはこの人でしょう」

幸三の問いにぶるぶると首を振る。

「最初から、最初から全部話します」

大きく息を吸い込み、手を離し、涙で濡れた顔をあげる。向かい側には面食らっている香奈枝と幸三がいて、じっとこちらを見ている。正則は呆れてそっぽを向いているから表情は読み取れないが、これで金はもらえなくなったとがっかりしているに決まっている。

「実は秋之は三年ほど前に脳梗塞になりました」

えーっ！　と幸三と香奈枝の声がリビングに響き渡った。

秋之の真の姿を目撃されてしまったのだ。秋之のことも隼人のことも、わたしが考えてやってきたこともすべて口にした。もうなにも隠す必要はない。

すべてを話し終えると、重苦しい空気に包まれた。

「ごめんなさいっ！」

「ちょっと、それは、いくらなんでもひどい」

責めているようにも、戸惑っているようにも取れる幸三の口調だった。

仕方ない。それだけのことをしたのだ。

顔じゅう涙で濡らしながら、何度も頭を下げて謝った。

視界の中に、今日、二人のためにつくった料理がぼうっと涙でかすんで浮かんでいる。

なんのためにここまでしてきたのか。すべては秋之と隼人のためだった。それが些細な出来事ですべておしまいになってしまった。

なにもかも終わった。

体中から力が抜けていく。ただ座っているだけなのにしんどくてならない。

「ごめんなさい」

謝ったところでどうにかなるわけではないが、とにかく謝罪するしかなかった。

許してもらえるはずもなかったが。

「騙すつもりだったんです、最初から。でも秋之は元気になるんです。それにわたしは追い詰められていたんです。介護も子育ても一人では辛くて。秋之も隼人もかわいそうで。でも秋之は必ず元気になる。隼人もそう信じているんです。そのときに誰もそばにいなかったらかわいそうじゃないですか」

のどの奥から声を振り絞る。

幸三は複雑な表情をしている。香奈枝はなにか考えているようだ。

「留子さん、お気持ちはお察ししますが、これはあまりにひどい」

怒りを抑えているのか、幸三の声は掠《かす》れていた。胸が痛い。しょせん介護も子育ても、幸三からしたら他人事《ひとごと》なのだ。

「でも、わたしは辛くて辛くて」

そう言いながら顔を歪《ゆが》めてまた泣いた。

これまでため込んできたものが一気に吐き出されたのか、涙はいっこうに止まる気配を見せない。

「わかりますわっ！」

自分の耳を疑いながら、指の間から香奈枝を見た。そこに鼻息を荒くした香奈枝が立っていた。

「お義母さまのお気持ち、お察しします。こんなわたしでよければお手伝いしますわっ！」

香奈枝に手を取られる。真剣なまなざしをしていた。

化粧の崩れかけた女の顔が天使に見えた。

ぎゅっと手を握っている香奈枝はまっすぐにわたしを見つめた。

「大変でしたのね、お義母さま。でもこれからは安心してください。わたしがお手伝いさせていただきますから」

香奈枝の真意はまるでわからないが、先ほどとは別の意味の涙がほろりと頰を伝う。

「本当に?」

疑いながら尋ね返せば、香奈枝は大きくうなずいている。

「もちろんです。これもなにかのご縁でしょう。できることは精一杯させていただきます」

「でもあなたにとったら秋之も隼人も他人よ」

ず、と洟《はな》をすする。

「父とお義母さまが結婚なされば他人ではなくなります」

誠実な香奈枝の言葉に、ぱっと目を見開いた。

「それでいいの? わたしはあなたたちを騙していたのよ」

「騙されるほうも悪いんですから。それよりも今までお辛かったですね」

ほわっと心が軽くなった。加寿子も大五郎も隼人は預かってくれた。面倒はみてくれた。けれどそれだけだった。訪問看護師の春陽もお茶だけを飲んでいく。誰も労ってはくれなかった。けれど香奈枝は違う。

「ありがとう」

手を握り返しながら心の底から感謝の言葉を述べる。

「いいんですよ。最初からの提案通り熱海に家を買ってみんなで暮らしましょう」

「ほ、本当に？」

「はい」

力強く香奈枝はうなずいた。

「ありがとう。わたし、この家を売るわ。売ったお金は全部、香奈枝さんにお渡しします」

「お義母さま」

思わず香奈枝にしがみついていた。

香奈枝も抱きしめてくれる。

なんて温かな力強い腕なのだ。感慨無量だ。

努力はすべて報われた。やってきたことはすべて無駄じゃなかったと、頬を伝う涙が教えてくれる。

「ありがとう」

香奈枝を抱きしめながらもう一度礼を言う。

「いいんです、お義母さま」

さらに抱きしめる腕に力を込める。

「おい、香奈枝」

ふと見上げると困惑した幸三が立っていた。

「いくらなんでも寝たきりの人のお世話なんて、おまえは本当にできるのか」

幾分怒りを含んでいた。無理もない。これは自分たちの人生を大きく変える出来事だ。

「心配しないで、お父さん。わたし、ちゃんとやるから。お父さんはお義母さまを大切にしてくれればそれでいいのよ」

「本気で……」

事の成り行きについていけないのか、幸三は啞然としている。

がたんと音がした。

「じゃ、おれはもう用なしだ」

テーブルについていた正則が乱暴に立ち上がる。香奈枝の腕から離れ、涙を拭った。

「感謝するわ。あなたのおかげでもあるのよ」

「別にいいよ」

今にもリビングから出ていこうとする正則の後を財布を持って追いかける。

「お約束のものをお渡しするわ」

今さら隠し立てなどする必要もなく、財布から一万円札を六枚取り出し、正則に渡す。

「こりゃ、どうも」

あっけなく去っていく正則を見送って、三人になった。

「お義母さま、できるだけ早く引っ越ししましょう」

にっこりと微笑まれて大きくうなずいた。

固く将来の約束をした二人が帰り、一人になると秋之の部屋に行った。

秋之は昨日となにも変わらない。まだ元気にはならないその手を、ぎゅっと握りしめる。

「お母さん、がんばったでしょう?」

泣きながら笑って尋ねる。答えはないが、かすかに秋之が微笑んだ気がした。

「もうじき秋之も元気になるわ。だって新しい家族ができるんだから」

秋之の手の甲に頬を寄せる。

鼻先に便の臭いを感じた。すぐに浴衣の前を開き、オムツのテープを外す。どろどろの便が尻全体を覆いつくすように排泄されている。

一人で体の向きをかえ、お尻拭きで便を拭う。寒い日なのに、汗が浮かんでくる。

こんな苦労もあと少しだと思えばどうってことない。

新しいオムツを当て、浴衣を整えて布団をかける。自分ではなにもできない秋之の顔を外に向ける。

いつの間にか細かい雨が降り出して、窓ガラスを濡らしていた。

雨降って地固まる。

まさにそんな気分のわたしの心は晴れ晴れとしていた。

世の中には神もいれば仏もいる。

思わず手を合わせて、これまで会った様々な人たちに感謝していた。

20　幸三

最寄りのバス停で降りると冷たい雨が降っていた。空気も湿気を含んで重たい。

傘を持たずに出たので、そのまま公団内の敷地に急いで向かう。

香奈枝は頭の上に手をかざして、やはり足早に駆け込んでいった。

たいした距離ではないし、雨もひどくないのでさほど濡れなかったが、体が冷えていた。

家の中に入ると、たたきで服についた雨粒を払ってからくつを脱いで部屋にあがった。

濡れた服を着ているのも、堅苦しいブレザーもいやですぐに楽な部屋着に着替える。その間に香奈枝は化粧を落とし始めた。

洗面所で顔を拭いている香奈枝の後ろ姿はたくましかった。背中にも腰にもでっぷりと肉がついている。

「おまえ、本当にできるのか」

立派な背中に向かって声をかける。

「なにが？」

タオルをもとの場所に戻した香奈枝が振り返る。見慣れたすっぴんの香奈枝だ。

「介護するって」

見てはいないが、寝たきりの秋之の姿が目に浮かんでくる気がした。

仲のいい親子ではないが、娘が介護で疲れ切る姿は見たくない。

「大丈夫よ」

あっけらかんと言い返された。

「でも、介護だぞ。しかも寝たきりの」

「寝たきりなら寝たきりで転がしておけばいいじゃない」

あまりにひどい言い草だった。

「あんまり気楽に言うな。お父さんは香奈枝を心配してだな」

「大丈夫だって。お父さんはお義母さまとうまくいくことだけ考えてよ。結婚したいんでしょ」

「そりゃあ、そうだけど」

「じゃ、いいじゃない」

洗面所からキッチンに移動し、香奈枝はやかんをコンロの上にのせた。

「ま、お茶でも飲もうよ」

手際よくお茶の支度をし、居間のテーブルの上に置くと、香奈枝はしゃがみ込んで湯飲みを両手でくるんだ。

向かい側に座り、わたしも湯飲みに手を伸ばす。

「ねえ、あの家、見た？」

「あ、ああ。立派な家だった」

「あんな家に住んでいるとは想像もしていなかった。すごいよねえ。売るって言ってたもんね。いくらくらいになるのかなあ」

うっとりとした顔つきで、香奈枝は宙を見ている。

「ばかなことを。あの家は留子さんのものだ」

こちらの忠告など耳に入らないのか、香奈枝は目をとろりとさせている。

「赤羽駅からバスで十分、バス停からも徒歩五分。すごい立地条件よね。きっと高く売れるわあ。売ったお金は全部くれるっていうし。わたしにもツキが回ってきたのかなあ」

楽し気に言う香奈枝が金の亡者に見えた。

これまでも金にはうるさかったが、それは持っているものが少なかったからだ。そこに大金が入ってくるとなれば、香奈枝が喜ぶのは無理もない。

「だがあれはあくまでも留子さんの家だ」

「いずれはわたしのものよ。マンション経営もしてるっていうでしょ。息子は寝たきりだし、そうなると……」

にたりと笑った香奈枝を見て、背筋が冷たくなった。

「おい、下世話な考えはやめろ」

慌てて香奈枝を制する。

「お父さんだってあの人が好きなんでしょう。一緒に暮らせるなら寝たきりの息子くらいいたっていいじゃないの。普通に生きてる息子がいるよりもずっとマシよ。変な人間関係がないもの。早く熱海に家を買いましょうよ。大丈夫、お金はあの人が持ってるからなんの心配もいらないわ」

家どころかマンション経営の収入まで自分のものになると思い込んでいる。いずれはそうなるかもしれないが、それはもっとずっと先の話だ。

「あ、今日は出前でも頼もうか。かつ丼とか食べたいでしょ。いいのよいいのよ、お金はいずれ入ってくるんだからさ」

気楽に話す香奈枝を見て、なんだか怖くなっていた。


その日から香奈枝は陽気になった。料理は元に戻ったが、家事は楽しそうにこなしている。そのくせパソコンの前に座っているときの姿は、こちらが恐怖を覚えるほど真剣な目つきだ。

留子からは頻繁にメールが届く。どうやら香奈枝ともやり取りをしているらしいのが、中身からわかる。


——早く一緒に暮らしましょうね。

メールの最後には必ずと言っていいほどこの一文がつく。

ほんの五分前に届いたメールには、香奈枝に感謝する言葉が記されていた。

なんと返事をしたらいいかわからず、自分の部屋にこもって留子からのメールを眺め続けた。

熱烈なメールが届くたび、こちらの気持ちが萎えていく。

「うーん」

スマホを前にして唸る。

留子が早く一緒に暮らしたがっているのは、介護してくれる人がほしいからだ。決して自分を愛しているからではない気がする。

「うーん」

またもや唸っていると、ひょいと香奈枝が顔を出した。

「今日のお昼、なんにする？」

ご機嫌な口調だった。

なんにすると聞かれてもどうせいつもの粗末な料理でステーキなんかが出るわけでもない。

「なんでもいい」

適当に答える。

「あ、そう。じゃ、うどんにしようか。冷たいの。まだ四月だっていうのに、今日は暑いからねえ」

ぱたぱたと手であおぎながら部屋を出ていく香奈枝の後ろ姿からは本性が見えてくる気がして、なんだかうんざりした。

スマホを置いたまま立ち上がり、キッチンにいる香奈枝に声をかける。

「ちょっと出かけてくる」

鍋に水をはっていた香奈枝が振り返る。水を出したままで、じゃーじゃーと水音がした。

「すぐお昼になるわよ」

「十分。散歩」

とだけ言って、家をあとにした。

階段を降り、外に出たところで振り返る。

巨大な老人ホームは今日も静かだ。

ここから出たくて仕方がなかったのはほんのちょっと前だ。だが今は、ここを終《つい》の棲家《すみか》にしてもいいかと思い始めている。

郁夫のような最期を迎えるのも悪くない気がした。

夏を思わせる太陽の光に照らされた建物を見つめる。

築年数がだいぶ経っているが、人が住めないわけではない。実際に、自分を含めて今も人々は住み続けている。

「いまさらなにを」

アスファルトの上の小石を蹴飛ばした。

望み通りになりつつあるのだからいいじゃないか。そう思いながら寝たきりの息子の存在が大きく心を占めている。介護の予定はまるでなかった。想定外もいいところだ。

この不安定な、揺らいだ気持ちのまま、結婚まで突き進んでいいのか。寝たきりの息子を本当に介護できるのか。三歳児の子育てだってある。そんな無理をしてまで結婚すべきなのか。このままの生活でもいいのではないだろうか。

迷った心を抱えながら、なぜかこの古い建物に、今は愛着を感じていた。

その晩、和美が訪ねてきた。

夜の九時という時間帯で、そろそろ寝る準備をしようかと布団を敷いていた。パジャマだったが、着替えるのも面倒でそのまま対応する。

陽がとっぷりと暮れてすっかり気温が落ちた、冷たい空気と共に和美は入ってきた。

「こんばんは。夜分遅くごめんなさい」

まだ風呂にも入っていないのか、和美は落ちかけの化粧をしていた。

「いや、いいんですよ。どうせ暇人だから」

後頭部を掻く。嘘でもなんでもない。本当に暇だった。留子にメールも送っていないし、婚活パーティーにも行っていない。つまり予定は毎日なにもない。

「あら、そう。いえね、草刈りの日取りを決めたのよ。そういう話になってたでしょう」

草刈りの話題になって、そういえばそうだったな、と思い出した。

このところ怒濤《どとう》のように留子との話がすすんで、公団での出来事などすっぽり頭から抜け落ちていた。

「はあ、そうでしたね」

「だからね、決めたのよ。七月の一週目の日曜日でどうかしら。で、天気予報を見て、あまり暑そうなら次の週にして。時間は七時から。早すぎる？　でも昼近くになると暑くて駄目でしょう」

「お任せします」

正直どうでもよかったので、適当に返事をする。草刈りの日を決めたって、その日までここにいるのかどうか本当にわからなくなってきた。

「あ、そう。じゃ、回覧板の準備をするから。あと掲示もしたほうがいいかしらね？」

「それも気の済むように」

「ちょっとわたしが会長じゃないのよ。川野さんが会長なんだからしっかりしなくちゃ駄目じゃない」

右腕を叩かれた。

しっかりしてと言われても、なりたくてなった会長ではないので、やる気も起きない。

「じゃ、つくっておくわ」

言いたいことだけを言って和美は去っていった。

ドアにカギをかけ、自分の部屋に戻り、早々に布団の中に入った。

なんにもしなくても時間は確実に過ぎていく。気がついたら五月に入っていて、連日雨も降らず、暑い日が続いた。

さすがにこたつはしまい、普通のテーブルを使っている。

新聞を広げ、端から端まで読む。三回ほど読み返すのが、最近の習慣だ。

昼の時間になるが、香奈枝はなにも言ってこない。

このところわたしはひな鳥の気分だ。

親が持ってくるえさを大口を開けて待っているだけになり果てた。

はあ、と大きくため息を零す。

昼に向かうにつれ気温があがり、座っているだけでも汗が滲んでくる。今からこんなに暑くて、本番の夏がきたらどうなるかと不安になってくる。

ぐう、と腹が鳴った。

十二時をとうに過ぎている。いい加減昼ご飯が食べたいと、香奈枝の部屋に行けば、パソコンの前でじっと座っている。窓は全開にされ、敷地内にある公園の遊具が見えた。当然ながら子供の姿はない。

「おい、そろそろお昼にしてくれ」

真剣な顔でマウスを操る香奈枝の横顔を見ながら声をかける。

「お父さんっ！」

机に手をついて、香奈枝が立ち上がった。

目がきらきらと輝いている。

「いい物件があったわよっ！　熱海にっ！　知り合いが教えてくれたの」

返す言葉を失った。

「駅から歩いて十五分ほどかかるんだけど、海には近いし、お義母さまの望んでいる庭もあるの。これ、見てよ」

腕を引っ張られ、パソコンの前まで連れていかれる。

画面には、青い海をバックにして、平屋の一軒家が映し出されていた。

金額五百万円、リフォーム済み。

「リフォーム済みっていうのがいいと思うの。間取りも5LDKならみんなが部屋を持てるわ。最高じゃない。いやー、探した探した。なかなか希望通りの物件が出なくてさ。結局知り合いが教えてくれたんだけどさ。でもこれならみんな納得するわ。早速見に行きましょうよ」

手を叩いて香奈枝ははしゃいでいる。

実のところいつかどこかで心が折れるのではないか、心変わりをするのではないかと疑っていた。

香奈枝は本気で介護するつもりだった。いや、介護などする気はないのだ。留子が持つ金がほしいのだ。

それでいいはずがない。

このところ自分の気持ちが冷めていた理由がなんとなくわかった。

留子の金をほしがる香奈枝の姿を見たくなかったのだ。できれば冗談であってほしいと心の底では思っていたからだ。

それにしても、と首を捻る。

「知り合いって誰なんだ」

ずっと家事しかしてこなかった娘に友人などいるとは思えない。

一瞬、香奈枝がひるんだ気がしたが、すぐに唇の端っこを持ち上げた。

「わたしにだって知り合いはいるのよ。それよりもねえ、お父さん、すてきでしょ」

「いや、でも」

「あら、いいじゃない。ここでみんなで住みましょうよ。楽しいわよ。お父さんだって毎日おいしいお魚が食べられて幸せじゃない。お刺身好きだったわよね。毎日たくさん食べられるわよう」

楽し気に香奈枝は笑う。子供のように飛び跳ねて。

「だが、金は留子さんのものだ」

「いいじゃない、いいじゃない。くれるって言うんだから。お父さんは安心してわたしに任せておいて。これから忙しくなるわよう」

うーん、と香奈枝は両手で自分の体を抱きしめている。

「いいから、お昼」

面倒になって昼ご飯を要求した。

「はいはい、でもその前にお義母さまに連絡しなくちゃ」

パソコンの画面を開きっぱなしにしたまま、香奈枝はスマホを握る。

画面に映る海がやたらと眩しかった。この海の近くを留子と二人で散歩したらさぞ気持ちいいだろう。だがそれはあくまでも二人きりでいた場合だ。

香奈枝はともかく小さな子供や寝たきりの息子がいたのでは、おちおち散歩もできまいと思えば気持ちは萎えていく一方だった。

立ち尽くすわたしの前で、香奈枝は電話をかける。

「あ、お義母さま、香奈枝ですぅ。いい家が見つかったんですよ。熱海に。今度みんなで見に行きませんか。ええ、ほぼ理想通りの家ですよ。いつがよろしいですかぁ」

浮かれて香奈枝は話をしている。

こちらの気持ちにおかまいなしに話は着々と進んでいく。

五十近い娘の部屋は、女らしさもなく、パソコンデスクとタンスがあるだけだ。色っぽさの欠片もない。

普段はろくに入りもしない部屋は、わたしにとって異質な場所だった。居心地の悪さを感じながら楽し気に電話をする香奈枝の声を聞いている。

出ていけばいいのに、何故かそこから動けずにいた。

「ええ、ゴールデンウィークが過ぎたら行ってみましょうか。こちらはいつでもかまいません。だって暇を持て余しているんですから。あ、お父さんですか、いますよ。かわりますね」

スマホを差し出された。

「かわってって」

しぶしぶスマホを受け取る。

留子と話をしたい気分でもなかったが耳に当てる。

「幸三さん、お元気でしたか？」

久しぶりに耳にする留子の声は弾んでいた。

「はあ。まあ、なんとか」

「よかったわ。最近メールの返事もないから心配していましたの」

留子が心配しているのは、わたしの体よりも介護と育児の担い手だろう。

「それはすみませんでした」

「いえいえ、お元気ならいいんですのよ。香奈枝さんが家を探してくれましたしね。一緒に見にいきましょうね。そのときには孫の隼人も連れていきますからご紹介しますね」

「はあ」

「ただ家がまだ売れてなくて。現金が手元にないんですの。でもご心配なさらないで。貯金もありますから。いずれ売れればいいんですもの」

「そうですか」

「では、日にちを決めて行きましょう。平日でよろしいですわよね？　香奈枝さんともそう話していますから。二人で決めてもいいでしょうか」

「ええ、まあ、どうぞ」

「じゃ、そうさせていただきますね。会えるのを楽しみにしています」

電話は切れた。スマホを香奈枝に返し、昼ご飯の催促をする。

「わかってるわよう。これからするって。あー、忙しくなるわあ。家が決まったら引っ越しの準備もあるしね」

浮かれる香奈枝に向かって言ってやりたかった。

おまえ、本当にこれでいいのか。

21　留子

リビングのテーブルの上は、隼人と食べた食器が汚れたまま残っている。片づけなければと思ったとき、香奈枝から電話がかかってきた。

待ちに待った家が見つかったと聞かされて大喜びする。間取りも立地条件も後から送られてきた写真を見ただけだがほぼ理想通りだった。

久しぶりに幸三とも話ができた。

このところメールの返事が来なかったので、心変わりをしたのではないかとちょっと不安になっていたのだが、そうではなかった。

スマホの通話を切ってから、ちらりと隼人を見る。今日はプラレールの線路を敷き詰めたので、ずっと遊んでいる。

汚れた食器をそのままにして、秋之の部屋に行く。

今日は天気がよくて、暑いくらいなので、レースのカーテンだけを引いて、窓を開けていた。

窓から入ってくる風は暑いが、たまには換気が必要だ。

「秋之」

うっすらと汗をかいていた額をタオルで拭う。

「暑いの？　でももう少し空気の入れ替えをしようね」

かけていた布団を剝ぎ、かわりに大判のバスタオルを一枚ふわりとかける。

「これでいいと思うわ。それよりもねえ、秋之。家が見つかったのよ。香奈枝さんが探してくれたの。海も見えるし、庭もあるんですって。元気になったらみんなでバーベキューができるわ。秋之も好きでしょう？」

写真で見たままの光景を秋之に伝えた。

かすかに頰が緩んだように見える。

「そう。秋之もうれしいの。香奈枝さんはいい人だからきっと秋之も気に入るわ。元気になったらよくお話をしてみて。だってものすごくいい人なんだから」

秋之は微笑んだままだ。

元気になる日は近い。

このところ秋之の表情が豊かになった気がするのだ。聞こえていないかもしれないと言った人もいるが、やはり秋之にはわたしの声が届いているのだ。

もうすぐ元気になる。

そっと秋之の手を持ち上げ、自分の頬に当てる。

「早く元気になろうね。お母さん、楽しみに待ってるからね」

手に頬を摺《す》り寄せながらつぶやく。

こんなに温かい手をしている。そして秋之は笑っている。元気にならないはずがなかった。

「じゃ、お母さん、ちょっと出かけるけどすぐに帰ってくるわね」

頬から手を離し、秋之の手をベッドに戻す。

秋之は笑っていた。

一時間程度なら秋之を一人にしても大丈夫だろうと、リビングにいた隼人を連れて外に出た。

白い雲がぽっかりと浮かび、汗ばむような陽気だった。綿菓子のような雲がもうじき夏がくると教えてくれる。

あまり暑くならないうちに引っ越しを済ませたい。

隼人の手を引き、まっすぐに商店街を目指す。

商店街は今日も様々な人たちが往来していた。

ざわめきの多い商店街とは対照的に神山不動産の店内は静かだった。あいかわらず事務員が一人で店番をし、大五郎はのんきに新聞を読んでいる。

自動ドアが開いて中に入るとぴんぽーんと来客を知らせるベルが鳴り、大五郎がこちらを向いた。

顔をくしゃくしゃにして、両手を広げる。

誘われるがまま、隼人が駆け出し、大五郎の膝の上にちょこんとのった。

「今度はどこに行くんだ？」

ここに来ると隼人を預けるという図式がすっかり出来上がっているのだ。しっかりと隼人を膝の上に抱いて、満面の笑みでこちらを見ている。

「違うわよう。そうそういつも預けないって」

「そうか、寂しいなあ」

言われてみれば、最後に幸三親子を家に招いてからひと月近く経っている。あれ以来預けていないし、ここにも訪れていなかった。用事は全部メールで済ませている。

「たまには来てくれよ。寂しいじゃないか」

隼人の頬に自分の頬を寄せている。

そのうちここの世話になる必要もなくなるのだと言えば、二人ががっかりする様子が目に浮かぶ。でもこればかりはどうしようもないのだ。

事情を理解すればきっと二人は賛成してくれる。

客用のいすに腰かけた。

「ねえ、大五郎さん、うちを売却する話なんだけどね、誰か買ってくれそうな人、見つかった？」

バッグを空いていたとなりのいすの上に置き、身を乗り出した。

おや、と大五郎の眉が片側だけあがる。

「今すぐってわけじゃないだろう？」

「あら、前に話をしたじゃない」

「そうだけど、まだまだ先の話だと思ってたからきちんと鑑定してないよ」

すまして言い返されて、あまり本気になってくれていなかったのだと知った。

「悪いんだけど、早急に買い手を捜してほしいのよ。メールにもそう書いたでしょう」

更に前のめりになる。

「だって隼人ちゃんの将来のためだろう？」

膝の上にいた隼人とわたしを交互に大五郎は見た。

「まあ、それはもちろんそうなんだけど」

なんとなく真実が言えなくて、目を伏せてしまった。

「違うのかい？」

大五郎に詰められて、もう嘘はつけないと悟った。すべてを話して協力してもらわなければなにもすすまない。

せっかく苦労して香奈枝が見つけてきた家も、もたもたしているうちに誰かに買われてしまう恐れもある。幸三はお金を出すつもりらしいが、こちらは秋之のこともあるし、幸三の金を当てにしてばかりでは悪い。介護料、子育て料としてすべてを幸三親子に差し出すつもりでいる。そうなってくるとやはり自分の家を売って金をつくっておきたい。もし先に誰かに買われてしまったら、家探しはまた最初からやり直しだし、香奈枝に面倒をかける結果になってしまう。なにより早く介護の担い手がほしい。

ごくん、と息を呑み込んだ。

「驚かないでね、大五郎さん」

胸のあたりに手を置いて、そっと語りかける。

「うん、まあ、長い付き合いだからな。そんなに驚く出来事もないだろうよ」

口調は軽いが、表情は真剣だった。

「わたし、結婚するのよ」

えー！　と声をあげたのは、大五郎ばかりではなかった。同じ空間にいた事務員も驚いて口元を両手で覆っている。

「おいおい、なんの冗談だよ」

ははは、と笑い飛ばしながら、隼人と向き合う。

「おかしなことを言うばあちゃんだなあ、隼人ちゃん」

三歳の隼人に同意を求めたところでなにも理解できないのは、大五郎だって知っているはずだ。それなのに隼人に話しかけたのだからかなり動揺しているに違いなかった。

静かにわたしは首を左右に振った。

「本当なのよ。こんな嘘ついたって仕方ないでしょう」

ゆっくりと言葉を選びながら、わたしは言った。

事務員も大五郎も言葉を失ってじっとわたしを見ていた。

店にかかっているエアコンのせいだろうか、急に体が冷たくなっていくのを感じていた。

「留子ちゃん、大丈夫かい？　まさか相手は財産狙いとかじゃないだろうなあ」

口調はおどけていたが、目が真剣で思わず吹き出してしまった。

「笑いごとじゃないんだぞ」

「大丈夫。そんな人じゃないから」

笑いながらぽつりぽつりと出会いから結婚にまで至ろうとしている経過を語る。

「それじゃあ、留子ちゃんは介護と母親役をその娘にさせるために結婚するのか」

かーっと声にならない声をあげて、大五郎は額に手を当てた。

「大きな声で言わないで。もちろんそれだけじゃないわよ」

「じゃ、相手の男に愛情があるのかよ」

そう尋ねられて黙り込んだ。

幸三に対する愛、そんなものはどこを探してもありはしない。

「ほら、みろ。そんな調子で一緒に暮らせるもんか」

「大丈夫よっ！」

むきになって言い返す。

「それで相手の生活具合はどうなんだ？　年金暮らしじゃないのか」

「そうだと思うわよ」

「年金はいくらくらいもらっている？　家はどこにあるんだ？　どんな生活ぶりなんだ？　奥さんはなんで亡くなったんだ？」

口を挟む余裕もないほどまくしたてられた。

「言えないじゃないか」

「でもいい人よ」

そう言いながら旅館での一件を思い出した。あんな真似をする人が本当にいい人なのかどうか疑問がむくむくと膨れ上がってくる。

「まあ、いいか。でも興味あるなあ。留子ちゃんが選んだ相手」

「いい人よ」

胸を張って答える。自分に言い聞かせるように。

「まあ、そこまで言い切るのは勝手だが、おれ、ちょっと調べてもいいかな？」

「どうやって？」

「不動産屋のネットワークは広いんだ。留子ちゃんの言うとおりの人なら、なんの心配もいらないだろうけどさ。小さい子も抱えてんだ。念には念。もしもがあったらおれは留子ちゃんの死んだ旦那に顔向けできない。なにもないならそれでいい」

「おせっかいね。でもそういうところが好きよ」

にっこりと微笑んで見せる。もしもなんてあるはずがないが、大五郎の心遣いはうれしい。

用事が済んだので、隼人を連れて店を後にした。買い物を済ませて家に帰る。一番最初に秋之の部屋に飛び込んだ。変わった様子はなく、安堵する。

そのあとは今日の用事を全部済ませ、いつも通りに夕飯を食べて、隼人と眠った。

それから数日は、穏やかに過ごした。大五郎からの連絡もない。

今日は朝は涼しかったが、陽がのぼるにつれて暑くなってきた。未だ元気にならない秋之が気の毒で、エアコンをいれる。

わたしと隼人は窓を開けて暑さをしのぎ、昼には冷たいそばを食べた。午後になったら公園に行こうと準備をして外に出ようとするとスマホに着信があった。大五郎だ。これから家に来るという。

十分ほどでやってきた大五郎は、なんだか怒っていた。それからいつもより声を高くしてまくしたてた。

大五郎の話を聞きながら自分の頭にかあっと血が上っていくのがわかった。

22　幸三

　昼ご飯はアジの干物だった。みそ汁はない。白いご飯と干物だけだ。

「やっぱりさ、スーパーの干物っていまいちよね。まあ、もうじき熱海でおいしいのが毎日買えるから」

　アジの身を箸でほぐしながら、香奈枝は頬を緩ませている。

「いつ家を見に行こうかしらねえ。お義母さま、なんて言ってる？　ここんとこうちに連絡がないのよね」

　ぱくぱくとアジとご飯を口に運ぶ香奈枝に尋ねられたが、こちらにもなんの連絡も来ていなかった。

　家を売却するとなるとかなり忙しいのだろう。メールもなにもないからこそ、留子の本気度が伝わってくる。

　黙って食事を終え、自分の部屋に戻り、新聞をテーブルの上に広げる。

目を通すのは四回目だったが、ほかにするべきことがなにもない。

今から思うと婚活パーティーで結婚相手を捜すのは、自分にとってはかなりの活力になっていたのだと知らされる。新聞の活字を目で追ってはいるが、内容は頭に全然入ってこない。

理想通りの生活がもうじき手に入るというのに、なにか気力が湧いてこない。いやいや、と首を振る。

おまけがいろいろついてきて当初の予定はまるで狂ったが、いよいよここを出ていける時が来たのだ。留子との生活が待っているのだ。しかも今度はケチくさい生活ではない。

もっと優雅に暮らしていける時間が待っている。たとえそこに寝たきりの息子と小さな子供がいたとしても。

ふう、とため息が出た。

前向きに考えなければ、と新聞の活字を必死に追う。そのうちに眠くなってきて、ごろん、と畳の上に寝ころんだ。

夜もよく眠れる。昼間もよく眠れる。

このところ寝てばかりだなあ、とぼんやりとした頭で考えながら少し眠ったようだ。

目が覚めたのは、スマホの着信音が聞こえてきたからだった。

留子の名前が表示されている。

急いでスマホを耳に当てる。

「あー、川野ですがあ」

寝ぼけまなこのぼんやりとした頭で対応した。

「ひどいじゃありませんかっ！」

突然、なんの前置きもなく、留子が罵《ののし》る声が聞こえてきて、頭がしゃっきりとした。

飛び起きて姿勢を正す。

「留子さん、どうかしたんですか」

「どうもこうもありませんよっ。一体、おたくのお嬢さんはなんですか。わたしはもう知り合いから話を聞いて、飛び上がるくらい驚きましたよ。話をしてくれた人とは長い付き合いなんです。わたしを心配してくれて自分のネットワークを使って調べてくれたんですよ。あなた、個人の力をばかにしちゃいけませんよ。あの人は不動産屋を経営していて、交友関係が広いんですから。それに嘘をつくような人でもありません。あなたもグルだったんですね。二人でわたしを騙そうとしていたんですね。あなたもあなたです。娘に結婚相手がいるのにあんなパーティーに参加したりして。ひどい、ひどいわ！」

留子にまくしたてられたが、なにを言っているのかさっぱりわからないまま、茫然とスマホを耳に当て続けていた。

「とにかくですね、これまでの話はすべてなかったことにしてください！」

頭を殴られたような衝撃が走った。

晴天の霹靂《へきれき》だ。

留子から早く一緒に暮らそうと散々メールが届いていたのはほんの数日前だ。この数日の間にどうしたら留子の気持ちがこんなにも変わってしまわなければならないのかさっぱりわからない。

気持ちは確かに揺れていた。だがはっきり断りを入れられるとは思っていなかっただけに、激しく動揺する。

手のひらに奇妙な汗が浮かぶ。

「と、留子さん、落ち着いてください。一体、なにがあったんですか。香奈枝がなにをしたんですか」

わからないなりにも香奈枝がなにかやらかしたというのだけは理解できた。

汗で滑り落ちそうになるスマホを両手で支える。

「なにをしたかですって？　そんなの父親であるあなたのほうがよくご存じでしょう」

額にも汗が浮かんできた。冷たい汗だ。

「いえ、わたしにはなにがなんだか……」

額を手の甲で拭う。

「まあああ、今さら言い逃れですの。さすがあの娘の父親ですわ。あの子はね！」

マシンガンのようにしゃべる留子の言葉を聞きながら、目の前が真っ暗になっていく気がした。

今にも意識が遠のきそうになるのを、スマホを支えて必死でこらえる。

「よくおわかりになりましたか！」

とどめの一撃を留子は放った。

見えやしないのに、こくんこくんとうなずく。

「すべては白紙ですから。もう二度と連絡なさらないでくださいっ！」

ぶちっと通話が切れた。

するっとスマホが手の中から滑り落ち、虚脱して宙を眺めた。

頭の中でいろんな出来事が渦を巻いている。

留子が話したことはすべて事実なのだろうか。香奈枝が本当にそんなばかげた行動を取っているのだろうか。たぶん、いや、きっとそうだ。だから留子はあんなに怒って……。

かあっと体じゅうの血液が沸騰するほどの怒りを覚えた。

勢いをつけて立ち上がり、香奈枝の名前を呼びながら、部屋に向かった。

床板が剝げかけた廊下を音をたてて歩き、香奈枝の部屋の前に立った。

ドアを開けると同時に派手な音が響き、パソコンの前に座っていた香奈枝がびっくりしてこちらを振り返る。

「お父さん、なんなの？ もっと静かに開けてよ。それとなんの用なの？ わたし、忙しいのよ。引っ越し屋を今度は探してるのよ。真夏の暑いさなかに引っ越しはいやでしょ。かといって雨が降る梅雨もいやだしねえ、悩みどころだよ」

パソコンデスクに肘をつき、香奈枝は大きく息を吐き出した。

「香奈枝っ！」

ずかずかと近づき、手を振り上げる。

ばしん、と香奈枝の頬が鳴る。

赤く腫《は》れた頬をそのままにして、しばらくの間、香奈枝は呆けた顔をしてわたしを見上げていた。

それほど長い時間ではなかった。やがて香奈枝は顔を真っ赤に染めていすから立ち上がった。

「なんなのよっ！　なんでいきなり叩くわけ？　なんでわたしが叩かれなきゃならないのよ。子供じゃないんだよっ！」

両目が吊り上がり、それでなくてもぶさいくな顔がよりいっそうぶすに見える。

「叩かれるような真似をしたからだ」

怒りを抑えながら低い声で言った。

「なにしたっていうのよっ。必死で家を見付けてさ、引っ越し屋を探してただけじゃないっ。お父さんの幸せのためにがんばってるんだよ」

「お父さんの幸せなんかじゃない。自分の幸せのためにやったんだ」

「そんなことないわよ」

「いいや、自分のためだ」

「あのね、自分のためだけにこんなに必死になる？　知り合いのツテまで頼ってさ」

「知り合いっていうのは新宿の店に勤めているホストか」

言葉を失ったのか、先ほどまでの威勢はなくなり、香奈枝は息を呑んでいる。しばらく見つめ合った後、逃げるように視線を落とす。

こほんこほん、とわざとらしい咳をしながら、香奈枝は口元に手を当てる。

「なんの話？」

やっと出てきた返事がそれだった。声が上ずっている。

「留子さんからさっき連絡があった。なにもなかったことにする、すべてを白紙にすると言ってきた」

飛び出そうなほど香奈枝は大きく目を見開く。

「嘘でしょ」

「嘘なものか。理由はおまえだ」

人指し指を伸ばし、香奈枝に向ける。

「わたしが？　なんでよ、どうしてよ」

そう言いながらも薄々勘づいたのか、あからさまに動揺し始めた。視線はきょろきょろと落ち着きをなくし、手を口に当てたり、パソコンデスクを指で叩いたりしている。

「自分の胸に手を当ててよく考えてみるんだ」

「わからないわよ」

わざととぼけている。

ここまできてもまだ誤魔化すつもりでいるのだ。

「全部聞いたよ。留子さんから。留子さんの知り合いが調べてくれたそうだ。お父さんのこともおまえのことも」

「そんな。まさか」

見る間に顔色が悪くなっていく。

「ホストに入れ込んでいるんだな」

さすがに観念したらしい。

へなへなと香奈枝はその場にしゃがみ込んでいった。

うなだれる香奈枝を上から見た。

「本当なんだな？　新宿のホストに何百万円も金をつぎ込んでいるというのは」

自分の気持ちを抑え、冷静に尋ねた。

香奈枝は黙ってうなずいた。

「ホスト通いをしてるんだな」

また香奈枝はうなずいた。

ぽきり、となにかが折れる音が頭の中に響く。

留子から言われても、すべてを白紙にされても、自分の娘だ。心のどこかでは信じていたかったのが本音だ。

「一体、どうして」

泣いているのか、すん、と洟をすすり上げる音がした。

「半年くらい前、新宿に行ったの。わたしだって仕事もしてなくて、ずっと家の中にいて息がつまりそうだった。だから新宿駅でたまには買い物とかしたいなって。それでときどき出かけてたの」

そう言われてみれば、たまに香奈枝がいないときがあった。そうはいっても五十にもなる娘の動向をいちいち詮索したりもしない。

「あるとき、歌舞伎町のあたりを歩いていたら声をかけられて。一時間三千円で飲み放題、食べ放題って言われて」

うなだれたまま、香奈枝は言った。声は涙で掠れている。

「最初だけだった。次からは正規の値段になったけど、彼があんまりやさしくしてくれるからうれしくなって。それで通ってたら、ちゃんと付き合おうって、結婚しようって言ってくれたの」

「ばかばかしい。そんなの奴らの常套手段じゃないか」

どこにでも転がっている話だ。決して特別ではない。そんな子供騙しに自分の娘が引っかかったのかと思うと、情けなくて涙が零れそうになってきた。

「違うわよっ！　彼はまだ二十三歳で若いけど嘘はつかない」

涙でべとべとに濡れた顔をあげた。

真剣な目だった。

「本当に結婚してくれるって言ったのよ。でも、彼はお店に借金があって。それがある限りはわたしを幸せにできないって。借金がある人と結婚するなんてわたしがかわいそうだって言うのよ。だからなんとかして借金をなくしてあげたかったの。なくなれば結婚できるんだから。一緒に暮らせるんだから」

目を真っ赤に充血させて香奈枝は訴える。

「だから、それが常套手段なんだよ。情けない。それで留子さんの話に乗ったのか」

「あんな立派な家よ。売ればいいお金になるって思ったのよ。お義母さまは売れたお金は全部くれるっていうし」

もう隠すのはやめたらしい。香奈枝はあっさりと自分の非を認めた。いや、開き直ったのかもしれない。

「介護する気はなかったんだな?」

「うん」

「一緒に暮らす気もなかったんだな?」

「うん」

すべてを肯定されて怒る気力もなくなっていた。

「だってえ、結婚してくれるって言ったんだもん。わたし、彼以外の人と付き合った経験もないし、あんなにやさしくされたこともない。だからなんでもしてあげたかったんだもん。借金がなくなれば一緒に暮らせるんだもん」

駄々っ子みたいに泣き続ける香奈枝を見ながら、わたしのほうが泣きたくて仕方なかった。

今にもこみ上げてきそうな涙をこらえながら、香奈枝を眺めた。

いつもいばり散らしている香奈枝と同一人物だとはどうしても思えない。

ふと耳に、子供の笑い声が聞こえてきた。

窓の外を見ると、珍しく小学校低学年らしき子供が二人、ブランコに乗っている。団地の子ではなく、どこか近所の子供が遊びにきているらしかった。

昔、まだここに引っ越してきたころ香奈枝もよくああして公園で遊んでいた。亡くなった妻も元気で、貧しいながらも幸せな生活を送ってきた。少なくともわたしはそう信じていた。

そのなれの果てがこれか、と泣き続ける香奈枝を見て思った。

「ホストクラブに通う金はどうしたんだ」

それまで首を振ったりしていた香奈枝はぴたりと動きを止めた。

「……さい」

小声でなにを言っているのか聞き取れない。

「なんだって？」

腰をかがめる。

「お父さんの貯金からおろして使っちゃった」

胸の内を吐き出すように、香奈枝は声を振り絞る。

「使った？」

二人での生活が蘇ってくる。一品だけの食事。赤いシールが張られた値引き品ばかりの食材。口うるさい香奈枝の顔。

「お母さんから渡された通帳からお金引き出していた。お父さんがこれまで貯めてきたお金とか年金とかから。だってわたし、働いてないもん。ほかにお金が入ってくるとこないもん」

「いくら?」

鼻の下を香奈枝は手の甲で拭う。

「ほ、ほとんど全部」

「全部!?」

「だからお義母さんのお金がほしかった。そのうちマンション経営のお金も預からせてもらうつもりだった」

「二千万円あるというのは嘘だったのか」

「あったけど使った」

「いくら残ってる」

片膝をついて、視線を合わせる。

「貯金はもうない。年金は右から左へ流れていったよ。だからお父さんが結婚してくれないと困るんだよう」

殺意が湧いた。腕を伸ばして、香奈枝の首を絞め上げた。

「だからあのとき通帳を出さなかったんだな」

ぎゅっと腕に力を入れる。香奈枝の顔が苦痛に歪む。

「だって渡すとばれちゃうから」

苦し気に香奈枝は言った。

「おまえは、なんてばかなことを！」

「だから結婚さえすればいいんだ」

「できるわけがないだろう！」

手を離し、壁に香奈枝の体を押し付けた。香奈枝はずるずると座り込み、わたしも膝から力が抜けてしゃがみ込んでいた。

もう終わりだ。なにもかも終わりだ。

膝に手を置いて立ち上がり、香奈枝を見下ろした。香奈枝は首元を押さえ、げほげほと咳をしている。

「これから金はお父さんが管理する。すぐに通帳とカードを出しなさい」

香奈枝は抵抗しなかった。

涙も拭わず、タンスの奥から通帳を取り出して差し出した。

中身を見て、倒れたくなった。

定期預金はゼロだった。普通預金は三万円ほどしか残っていない。

こみ上げてきた涙をもう止めなかった。

流れるままにしておいた。

夢はすべて破れたと実感した。

この先、香奈枝と二人で暮らしていく自信も、新しい相手を見つける意欲もなくなった。

膝から力が抜けてしゃがみ込み、ぼろぼろと涙を零し続けた。

23 留子

電話をかけてから三日が過ぎた。幸三からの連絡はなにもない。あんな出来事が発覚したあとでアクションなど取れるはずもない。

わたしもなんだか全身の力が抜けてしまっていた。すべての力を出し切ったのか気力が湧かない。

介護と家事はしているが、惰性でやっている気がした。午前中の仕事を終わらせ、昼ご飯を隼人と食べて後片付けをしているとインターフォンが鳴った。対応すると大五郎が立っていた。

ドアを開くと大五郎がケーキの箱を差し出した。

「隼人ちゃんに土産だ」

「ありがとう」

快く受け取ってから門のほうを見ると人が立っていた。

幸三だった。

夏を思わせる風に吹かれて幸三はブレザーの裾を揺らしながら立っている。思わず睨みつけてしまった。わたしの様子に大五郎が気づかぬはずがない。大五郎は振り返り、幸三の姿を認めた。

「おれが来たときから立ってた。知り合いか？」

家の前に立っていたのだから、当然大五郎も気づいていて、視線を投げる。

「ええ、まあ」

大五郎の手前、そのままというわけにはいかなかった。

「何の御用ですの？」

門まで行き、幸三の前に立った。

「申しわけありませんでしたっ！」

勢いをつけて、幸三は腰を折った。

「お話はもうなにもありませんから」

冷ややかな目で幸三を見つめる。

「はい、わかっております。謝って許していただこうとは思っていませんから」

「なら早くお帰りになったら？」

「はい。ただこれだけは言わせてください。確かに香奈枝の行動は褒められたものじゃない。親としてそれは謝ります。わたしの行動も間違っていたと思います。八十にもなろうとしている身で結婚を夢見た自分が間違ってたかもしれないと思うようになりました」

返事をしなかった。

「ただ留子さんはどうでしょうか。親の婚活パーティーで息子の嫁を捜すのは確かに間違っていません。ただあなたの息子さんは寝たきりだ。そして恐らくもう元気にはならないでしょう」

「余計なお世話です」

「気分を害したらすみません。ただ留子さん、元気にならない秋之さんの頼りはあなただけなんじゃないですか」

あ、と口を開けた。そのとおりだった。訪問看護師は来ても心底心配し、手伝ってくれるわけでもない。金で雇っていた正則もそうだ。

「隼人くんもそうだ。だったらあなたが今の秋之さんをきちんと認めて受け入れて、介護していくのが一番現実的ではないでしょうか」

まったくの正論だった。

「すみません、言いすぎました。謝罪に来ただけだったんですが。電話をかけてもつながらないと思って家まで来た無礼をお許しください。では」

そう言って幸三が去っていく後ろ姿を黙って見送った。

幸三は間違っていない。正当な意見だった。

いつまでもその場に立っているわけにもいかず、家に戻ってくると大五郎が不思議そうにわたしを見ていた。

「お茶でも飲んでく？　いつまでも玄関先っていうのもなんだから」

「そうするか」

リビングに案内し、大五郎のためにお茶を淹れる。ソファに座った大五郎の前では、隼人がブロックで遊んでいる。

熱いお茶を淹れた湯飲みをそっと大五郎の前に置く。

「さっきの人は知り合いか？」

今更大五郎に隠し立てをしても仕方ない、と正直に話す。

「あれがそうか。まあ、謝りにきたのなら本人は本当になにも知らなかったのかもしれないな。まあ、よかったじゃないか。被害に遭う前に食い止められて」

「そうね」

そう答えながら大五郎のとなりに腰を降ろす。

「辛いかもしれないけど、やっぱりやめてよかったよ」

気の毒そうに上目遣いで、大五郎はわたしを見ている。

「そうね」

自宅介護の話はいくつも聞いてきた。一度寝たきりになったら元気にならないというのも。それでも秋之はいつか元気になると信じていた。信じていたかったのだ。

「そうね」

ため息を吐き出すように、わたしはもう一度そう言った。

「他人に介護してもらうっていうのは、どうなんだろうか」

幸三も同じように言っていた。幸三の行動も褒められないが、わたしだって詐欺を働いたのだ。罪に問われるとしたならわたしもだ。幸三は悪いと思ったから謝りにきたのだろうが、幸三だって被害者だ。

今回の一件はみんな悪いが、みんな悪くないのかもしれない。

「なんかこんな言い方しかできなくて申し訳ないが、やっぱりちゃんと自分で介護したほうがいいんじゃないか。それに秋之くんはもうあのままだよ。留子ちゃんの気持ちはわかるけどな」

わたしだって本当はわかっている。ただ認めたくなかっただけだ。

「おれ、ちょっと考えたよ。秋之くんは誰に介護されたいかなって。やっぱり留子ちゃんじゃないかな。だって秋之くんは留子ちゃんの子だよ？」

確かにそうだ。秋之は誰の子でもない。わたしの子供だ。親として最後まで責任を持つのは当然だ。それをわたしは手放そうとしていたのだ。

いくら疲れていたとはいえ、一番してはいけなかったことをしようとしていた。秋之を捨てようとしていたのは、誰でもないわたし自身だった。

「そうね、本当にそうだわ」

　自分の情けなさに涙が滲んできた。その涙を指の腹で拭う。

「もっともな意見だわ。わたし、目が覚めた気がする」

「そうだろう。もっとほら、介護保険使ってさ。楽ができるとこはしてさ。桜井さんにも手伝ってもらってさ」

「そうね、そうするわ。デイサービスにも行くようにする。桜井さんに相談して訪問看護師ももう少しマシな人に来てもらうようにするわ。今までクレームばかりつける家族だと思われるのがいやで黙っていたけど、やっぱりそういうのもよくなかったんだと思う。言いたいことはちゃんと言う。それでもってちゃんと介護する。もう嫁捜しもやめる。だって秋之はわたしの息子だもん」

　つきものが取れたのか、ごく自然にそう言っていた。

「それがいいよ」

　お茶を一杯飲んで大五郎は帰っていった。玄関先で見送りながら、あの親子と出会ったことはもう忘れようと思った。

　我慢して旅行に行ったり、駅の改札で抱き着いたり、したくもないことばかりをしてきたのがこの結果だ。悪い夢を見たのだと思って、なにもかも忘れるのだ。

リビングにいたはずの隼人がそばに寄ってきた。

「ばあちゃん、悲しいの？」

スカートの裾を引っ張られる。

腰をかがめて、ぎゅっと隼人を抱きしめる。

「違うの、悲しそうに見える？」

「涙が出てる」

はっと気がついて頰に指を這わせる。確かに涙が零れている。知らない間に泣いていたのだ。

「違うの。ばあちゃんはうれしいの」

「うれしいと泣くの？」

無邪気に尋ねてくる隼人に愛おしさが増す。

「そうよ、人はうれしくても泣くのよ」

わたしはうれしいのだ。家を売る前に、あの親子に騙されて身ぐるみはがされてしまう前に、気がついたのだから。そして本当に自分がしなければならないことに気がついたのだから。

これを喜ばないはずがない。

隼人もわたしが育てるんだ。もう一度役所に連絡していつごろ保育園に入れるか確認してみよう。ちゃんと介護もしていこう。秋之だってそのほうがうれしいはずだ。


翌日の朝十時五分、約束の時間に遅れて春陽がやってきた。

「おはようございまーす」

動きやすそうなTシャツに下はジャージ素材のパンツ、水色のエプロンという服装に大きなバッグを肩に引っ掛けて近所じゅうに聞こえるほどの大きな声を出した。

「秋之くんはどうですかあ。おかわりありませんかあ」

五分遅れてきたのを詫びもせず、ずかずかと家にあがり込むと、春陽はまっすぐに秋之の部屋に行き、いつもするように血圧を測定する。

「うん、今日もばっちり」

血圧計をバッグにしまった後で、ちらりと布団をめくり、浴衣の前を開く。胃ろうのあたりを眺める。

「うん、問題なさそうですね」

手早く衣類を整え、布団をかける。

「調子よさそうですね」

　これで終了と言わんばかりに、わたしと向き合う。

「申しわけないのだけど、訪問看護師を他の人に代わってほしいの」

　これからお茶が飲めると思ってリビングに移動しようとしていた春陽が動きを止めた。

「どうしてですか？　わたし、なにかしました？」

「いいえ、あなたはほとんどなにもしなかった。だからもう少しちゃんとした人に来ていただきたいの」

「そうですか。まあ、こういうのは相性もありますからね。ステーションのほうにはわたしから伝えておきます」

「けっこうよ。わたしが連絡を入れておくから。あなたはもう帰ってちょうだい。お茶ばかり飲んでる訪問看護師に来てもらっても困るのよ」

　かっと春陽の頬が上気する。

　一応、自覚はあったらしい。

　春陽を追い返し、すぐに桜井に連絡を取った。現在のケアマネジャーから桜井に交代をお願いしたい旨もきちんと伝えた。桜井はすぐに計画を立てると言ってくれた。

少なくとも今までより少しはマシな看護師がやってくるはずだ。

ボタンをタップし、スマホをスカートのポケットの中に入れ、秋之のそばに行く。

秋之はきちんと呼吸をしている。目もうっすら開いている。でも起きることはもうないのだ。秋之はこのままなのだ。やっと認められた自分はえらいと思う。

「秋之、お母さん、がんばるね」

ぽつりとつぶやくと、おやつをせがむ隼人の声が聞こえてきた。

24　幸三

公団の前に着いた時には、陽が傾き、吹く風も涼しくなっていた。

重い足取りで寒い階段をのぼり、家に辿り着くと体がぐったりとして、その場にしゃがみ込んでしまいそうになった。なんとか気持ちを奮い立たせて、自分の部屋に行く途中で、香奈枝と鉢合わせした。

申し訳なさそうに香奈枝は項垂《うなだ》れている。

「お父さん、謝りに行ったの？」

「行った。そうするしかないだろう。悪いのはこちらだ。電話であのままというのもな」

「ごめんなさい」

目を伏せた香奈枝はしおらしかった。

「いや、もういいんだ」

「でも、お父さん、結婚したかったんでしょう？」

「ははは、お父さん、もうじき八十だよ。香奈枝が最初に言ってたじゃないか、このあとは静かに暮らしていくよ。年金でさ。贅沢せずに」

力なく笑った。香奈枝から通帳を取りあげた。これで好きに使われたりはしないから、親子二人なら細々と食べていけるだろう。それよりも心配なのは香奈枝だ。わたしが生きているうちはいいが、死んだら年金がなくなる。そうなったら香奈枝はどうやって暮らしていくのか。またホストにでもはまって借金をつくるようにでもなったらそれこそ不憫《ふびん》だ。

「お茶を淹れるよ、熱いの」

「ああ、頼む」

ブレザーを脱いで自分の部屋に行き、クローゼットにしまい、座布団を引き寄せて座った。

湯飲みを置くと、香奈枝は神妙な顔でとなりに座った。

「お父さん、わたし、働くよ」

湯飲みを持とうとした手が止まった。

「え？」と聞き返していた。

「こんな年だから無理かもしれないけど、働く。なんでもいいでしょう。コンビニだって掃除だって。とにかく仕事をするよ」

「彼はどうするんだ」

ホストだが香奈枝が彼氏だと言い切ればそうなるのだ。

「連絡取れないの。お義母さんの話が駄目になったって言ったらそれきり。電話も着信拒否、お店もつないでくれないの。お店にも行ってない。行きたくてもお金ないし。そもそも暇だからよくないと思う。お父さんの言うとおり騙されたんだよね。わたし、ばかだった。ちょっと考えればわかるのに。あんなかっこいい、若い子がわたしみたいなおばさんに本気になるはずないよね。それも全部、暇だったからいけなかったと思うの。だから仕事をする」

じっと香奈枝の顔を見た。

「そうか。香奈枝がそういう気持ちになったならそれでいい。家事はお父さんもするよ。どうせ時間はたくさんある」

「明日にでも早速ハローワークに行ってみる」

お茶をひとくち口にする。やたら薄いお茶だ。お茶の葉をケチったのだろう。

でもこういう生活も悪くはない。

熱いだけのお茶が喉《のど》を焼いて、顔をしかめていた。

本書は書き下ろしです。

|著者| 小原周子　1969年、埼玉県生まれ。春日部准看護学校卒業の現役看護師。2017年、「ネカフェナース」で第12回小説現代長編新人賞奨励賞を受賞し、受賞作を改題した『新宿ナイチンゲール』を'18年に刊行してデビュー。他の著書に『わたしは誰も看《み》たくない』(ともに、講談社)、『病院でちゃんとやってよ』『おかんむりナース！』『人生においしいリハビリメニュー』(以上、双葉文庫) がある。

留子《とめこ》さんの婚活《こんかつ》

小原周子《おはらしゅうこ》

講談社文庫

定価はカバーに
表示してあります

2023年9月15日第1刷発行

KODANSHA

発行者――髙橋明男
発行所――株式会社　講談社
東京都文京区音羽2-12-21　〒112-8001
電話　出版 (03) 5395-3510
　　　販売 (03) 5395-5817
　　　業務 (03) 5395-3615

デザイン―菊地信義
本文データ制作―講談社デジタル製作
印刷―――株式会社KPSプロダクツ
製本―――株式会社国宝社

Printed in Japan

ISBN978-4-06-532557-5

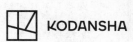

講談社文庫刊行の辞

二十一世紀の到来を目睫に望みながら、われわれはいま、人類史上かつて例を見ない巨大な転換期をむかえようとしている。

世界も、日本も、激動の予兆に対する期待とおののきを内に蔵して、未知の時代に歩み入ろうとしている。このときにあたり、創業の人野間清治の「ナショナル・エデュケイター」への志を現代に甦らせようと意図して、われわれはここに古今の文芸作品はいうまでもなく、ひろく人文・社会・自然の諸科学から東西の名著を網羅する、新しい綜合文庫の発刊を決意した。

激動の転換期はまた断絶の時代である。われわれは戦後二十五年間の出版文化のありかたへの深い反省をこめて、この断絶の時代にあえて人間的な持続を求めようとする。いたずらに浮薄な商業主義のあだ花を追い求めることなく、長期にわたって良書に生命をあたえようとつとめるところにしか、今後の出版文化の真の繁栄はあり得ないと信じるからである。

同時にわれわれはこの綜合文庫の刊行を通じて、人文・社会・自然の諸科学が、結局人間の学にほかならないことを立証しようと願っている。かつて知識とは、「汝自身を知る」ことにつきていた。現代社会の瑣末な情報の氾濫のなかから、力強い知識の源泉を掘り起し、技術文明のただなかに、生きた人間の姿を復活させること。それこそわれわれの切なる希求である。

われわれは権威に盲従せず、俗流に媚びることなく、渾然一体となって日本の「草の根」をかたちづくる若く新しい世代の人々に、心をこめてこの新しい綜合文庫をおくり届けたい。それは知識の泉であるとともに感受性のふるさとであり、もっとも有機的に組織され、社会に開かれた万人のための大学をめざしている。大方の支援と協力を衷心より切望してやまない。

一九七一年七月

野間省一

講談社文芸文庫

柄谷行人

柄谷行人の初期思想

解説＝國分功一郎　年譜＝関井光男・編集部

『力と交換様式』に結実した柄谷行人の思想——その原点とも言うべき初期論文集は広義の文学批評の持続が、大いなる思想的な達成に繋がる可能性を示している。

978-4-06-532944-3　かB21

伊藤痴遊

続　隠れたる事実

明治裏面史

解説＝奈良岡聰智

維新の三傑の死から自由民権運動の盛衰、日清・日露の栄光の勝利を説く稀代の講釈師は過激事件の顚末や多くの疑獄も見逃さない。戦前の人びとを魅了した名調子！

978-4-06-532684-8　いZ2

講談社文庫　目録

芥川龍之介　藪の中
有吉佐和子　新装版 和宮様御留
阿刀田　高　ナポレオン狂
阿刀田　高　新装版ブラック・ジョーク大全
安房直子　春の窓〈安房直子ファンタジー〉
相沢忠洋　「岩宿」の発見〈幻の旧石器を求めて〉
赤川次郎　偶像崇拝殺人事件
赤川次郎　人間消失殺人事件
赤川次郎　三姉妹探偵団
赤川次郎　三姉妹探偵団2〈キャンパス篇〉
赤川次郎　三姉妹探偵団3〈珠美・初恋篇〉
赤川次郎　三姉妹探偵団4〈怪奇篇〉
赤川次郎　三姉妹探偵団5〈復讐篇〉
赤川次郎　三姉妹探偵団6〈危機一髪篇〉
赤川次郎　三姉妹探偵団7〈駆け落ち篇〉
赤川次郎　三姉妹探偵団8〈人質篇〉
赤川次郎　三姉妹探偵団9〈青ひげ篇〉
赤川次郎　三姉妹探偵団10〈父恋し篇〉
赤川次郎　死が小径をやってくる〈三姉妹探偵団11〉
赤川次郎　死神のお気に入り〈三姉妹探偵団12〉
赤川次郎　次女と野獣〈三姉妹探偵団13〉
赤川次郎　心地よい悪夢〈三姉妹探偵団14〉
赤川次郎　ふるえて眠れ、三姉妹〈三姉妹探偵団15〉
赤川次郎　三姉妹、呪いの道行〈三姉妹探偵団16〉
赤川次郎　三姉妹、初めてのおつかい〈三姉妹探偵団17〉
赤川次郎　恋の花咲く三姉妹〈三姉妹探偵団18〉
赤川次郎　月もおぼろに三姉妹〈三姉妹探偵団19〉
赤川次郎　三姉妹、ふしぎな旅日記〈三姉妹探偵団20〉
赤川次郎　三姉妹、清く貧しく美しく〈三姉妹探偵団21〉
赤川次郎　三姉妹と忘れじの面影〈三姉妹探偵団22〉
赤川次郎　三姉妹、舞踏会への招待〈三姉妹探偵団23〉
赤川次郎　三人姉妹殺人事件〈三姉妹探偵団24〉
赤川次郎　三姉妹、さびしい入江の歌〈三姉妹探偵団25〉
赤川次郎　三姉妹、恋と罪の峡谷〈三姉妹探偵団26〉
赤川次郎　静かな町の夕暮に
赤川次郎　キネマの天使〈レンズの奥の殺人者〉
新井素子　グリーン・レクイエム〈新装版〉
安能　務 訳　封神演義 全三冊
安西水丸　東京美女散歩
綾辻行人　殺人方程式〈切断された死体の問題〉
綾辻行人　鳴風荘事件 殺人方程式II
綾辻行人　十角館の殺人〈新装改訂版〉
綾辻行人　水車館の殺人〈新装改訂版〉
綾辻行人　迷路館の殺人〈新装改訂版〉
綾辻行人　人形館の殺人〈新装改訂版〉
綾辻行人　時計館の殺人〈新装改訂版〉
綾辻行人　黒猫館の殺人〈新装改訂版〉
綾辻行人　暗黒館の殺人 全四冊
綾辻行人　びっくり館の殺人
綾辻行人　奇面館の殺人(上)(下)
綾辻行人　どんどん橋、落ちた〈新装改訂版〉
綾辻行人　緋色の囁き〈新装改訂版〉
綾辻行人　暗闇の囁き〈新装改訂版〉
綾辻行人　黄昏の囁き〈新装改訂版〉
綾辻行人　人間じゃない〈完全版〉
綾辻行人ほか　7人の名探偵
我孫子武丸　探偵映画

2023年6月15日現在